DOMATA DAI BERSERKER

LEE SAVINO

LIBRO GRATUITO

Ricevi un libro gratuito, Allevata dai Berserker (solo per i fan
più sfegatati iscritti alla newsletter di Lee)
Clicca qui per cominciare
https://geni.us/BredBerserkersIT

DOMATA DAI BERSERKER

«Sei selvaggia, e disobbediente. Una minaccia per te e per tutti gli altri. Per salvarti la vita dobbiamo provare di essere legati; di averti sottomessa completamente a noi.» La sua voce era un ringhio basso e gutturale.

Mi leccai le labbra, e li sfidai. «E che succede, se fallite?»

Thorsteinn ringhiò un'altra volta.

«Non falliremo» disse Vik. «Sorrel, in un modo o nell'altro, noi riusciremo a domarti.»

* * *

Domata dai Berserker è un romanzo indipendente da leggere dopo aver completato la lettura della saga Berserker e del ciclo Spose Berserker.

LA SAGA DEI BERSERKER

Per più di un secolo, i guerrieri Berserker hanno combattuto e ucciso per i re. Ma c'è un solo nemico che non possono sconfiggere: la bestia dentro di sé.

Venduta ai Berserker

Accoppiata ai Berserker

Allevata dai Berserker (solo per i fan più accaniti sulla lista e-mail di Lee=)

Presa dai Berserker

Data ai Berserker

Rivendicata dai Berserker

Salvata Dai Berserker

Catturata dai Berserker

Rapita dai Berserker

Legata ai Berserker – Laurel, Haakon & Ulf

Piccoli Berserker – le sorelle Brenna, Sabine, Muriel, Fleur ei loro compagni

La Notte dei Berserker – la storia della strega Yseult

Posseduta dai Berserker – Fern, Dagg & Svein

Domata dai Berserker — Sorrel, Thorsteinn & Vik

Comandata dai Berserker — Juliet, Jarl & Fenrir

CAPITOLO 1

 *orrel*

LA LUCE DEL FUOCO RIFLETTEVA SULLE BARRE DELLA MIA GABBIA, illuminando le mie braccia nude mentre le stringevo con forza tra le mani. Il vento sussurrava e gemeva attorno alle rocce alte, infiltrandosi nei miei pantaloni e la mia maglietta, e sferzando i miei capelli come un demone cattivo. La gabbia dentro la quale ero stata rinchiusa tremava contro esso.

Sotto di me, molto più sotto, lungo il sentiero e lontano dalla cima sulla quale mi trovavo, i guerrieri erano intenti a preparare il focolare, che sembrava farsi sempre più alto. Enormi tronchi venivano gettati all'interno del fuoco. Decine di guerrieri erano fermi intorno ad esso, bevendo e mangiando carne e incoraggiando gli altri a farlo diventare sempre più alto. Avevano cominciato proprio nel momento in cui io ero stata rinchiusa; una tortura, vedere tutta quella

1

luce e sapere quanto caldo portasse, senza però poterlo sentire sulla mia pelle.

Due guerrieri spuntarono dal sentiero, ed il mio cuore balzò in gola, sprofondando giù un'altra volta quando riuscii a dargli una buona occhiata. Quelli non erano i miei guerrieri. Uno restò ad aspettare mentre l'altro allentava la corda e abbassava la mia gabbia. Con un sorrisetto, lasciò andare la struttura, che cadde per terra, facendomi sbattere contro il terreno. Strinsi i denti, mantenendo la mia espressione vuota. Nessuno di loro mi avrebbe visto soffrire.

Uno di loro aprì la porta della gabbia con un calcio. I guerrieri presero a lavorare le corde. Prima del loro arrivo, ero stata io stessa ad allentarle, solo per fermarmi poco dopo: scappare avrebbe significato gettarmi dalla cima, e se anche fossi riuscita a non rompermi neanche un singolo osso, avrei dovuto comunque camminare lungo la montagna, cercando di evitare il branco di guerrieri che volevano catturarmi. Considerate le urla che provenivano dal focolare, c'erano molti guerrieri che non avevano alcuna voglia di seguire gli ordini degli Alpha di non farmi del male fino alla mia udienza. Volevano il mio sangue.

Ero più al sicuro dentro la gabbia. Quando la porta scattò via e i guerrieri fecero un passo indietro, io restai ferma sul mio posto.

Uno di loro mi scoccò un'occhiata di fuoco.

«Fuori» ringhiò. Io camminai ginocchioni fuori dalla gabbia, forzando il mio corpo ad alzarsi. Anche in piedi, però, arrivavo a malapena ai loro petti. Torreggiavano su di me, arrabbiati.

«Chi le ha dato i pantaloni?» chiese il primo.

«È così che l'abbiamo trovata vestita. Li aveva già addosso» rispose il secondo, inclinando il capo come per studiarmi.

«Si veste da uomo... Innaturale» mormorò il primo, girandosi.

«Mani» ordinò il secondo, e quando le alzai lui strinse i miei polsi insieme con una corda, stringendo forte, badando bene a non toccarmi. Mi scortarono dalla mia gabbia lungo il sentiero stretto, diretti verso il focolare.

Un terzo guerriero ci raggiunse nel sentiero prima che potessimo mettere piede nella radura. Bloccò il mio passaggio, torreggiando come tutti su di me. Io tenni lo sguardo fisso sul suo petto, rifiutando di guardarlo negli occhi.

«Ragnar» una delle guardie lo ammonì, ma Ragnar fece un gesto con la mano, portandoli al silenzio. Anche senza guardarlo in faccia riuscivo a sentire la sua rabbia e il suo disgusto, diretti completamente verso di me.

«Rosalind non si è ancora svegliata. I guaritori dicono che potrebbe non svegliarsi più.» La voce del guerriero si fece bassa, gutturale, paurosa. «Sua sorella è a pezzi.»

Chiusi gli occhi, sentendo il terreno venire meno sotto i miei piedi. Dietro le mie palpebre, vidi Rosalind giacere sul terreno, ferma come fosse senza vita. Non avevo bisogno che il guerriero mi ricordasse ciò che avevo fatto. Ciò di cui mi sarei pentita per tutta la mia vita; se avessi avuto ancora tanta vita, ad attendermi.

Restammo fermi lì per un po', Ragnar a bloccare il mio passaggio. Il vento sbatté contro il mio viso e i miei capelli. Dietro di me, le guardie mi respiravano sul collo. Se avessero deciso che avrei meritato di morire lì, su quel sentiero, avrebbero potuto benissimo spingermi oltre la collina. Non avrei avuto modo di fermarli.

Alla fine, Ragnar si ricompose. «Gli Alpha stanno aspettando» disse, la voce più chiara. «Sbrigatevi.»

Le guardie dietro di me mi spinsero avanti con le loro armi.

3

Muovendoci lungo il sentiero, le mie gambe tremarono di un sollievo che non meritavo di provare. Per un attimo desiderai di aver parlato, invece. Di aver risposto a Ragnar, di averlo portato al punto di dovermi uccidere per la rabbia. Il dolore nel mio petto, dentro il mio cuore, si fece soltanto più intenso.

Entrammo nella radura e un cerchio di guerrieri si girò a guardarci, le armi spianate. Ringhiarono al mio passaggio, l'odio nei miei confronti chiaro nei loro occhi, caldo come le fiamme dell'Inferno. Oltre loro, il focolare era alto e scoppiettante, le fiamme quasi a toccare il Cielo notturno.

Altri guerrieri si allinearono al mio passaggio. Quelli in forma di lupo ringhiarono e provarono a mordermi i piedi. Io mantenni un'espressione stoica, marciando oltre gli uomini e oltre i lupi. Non mi avrebbero visto piangere, né tremare di paura. Non quella notte.

Il mio piede inciampò su una pietra, facendomi perdere l'equilibrio. Alcuni guerrieri ridacchiarono.

«Attenta» mormorò una delle guardie, senza però fare alcun passo per aiutarmi. Alla fine arrivammo al focolare, e i guerrieri mi fecero cenno di andare nella mia postazione. Salii su una lunga panca levigata, il mento in alto e gli occhi fissi sul fuoco.

Attorno al focolare quattro Alpha erano riuniti intorno ad una grossa roccia. Due di loro erano in piedi, le braccia conserte sul petto. Uno di loro sedeva sul trono, il viso solenne come quello di un re. La luce del fuoco danzava tra i suoi capelli biondi come l'oro. Nel momento stesso in cui fui in posizione, lui si alzò e divaricò le braccia. L'assemblea si fece subito silenziosa.

«Miei fratelli. Ci siamo riuniti qui questa sera per giungere ad una decisione su un fatto molto grave. La profetessa Sorrel è in piedi di fronte a noi, accusata di tradimento.»

«Omicidio» mormorò qualcuno. Probabilmente Ragnar.

«Silenzio» ringhiò l'Alpha tatuato. «È Samuel a parlare.»

4

Dopo una piccola pausa, l'Alpha seduto, Samuel, continuò a parlare. «Abbiamo sentito la storia di ciò che è successo, e il resto l'abbiamo indovinato. Tre giorni fa, Sorrel ha lasciato la sicurezza dei nostri confini ed è entrata nella terra controllata dal Re dei Morti. Con lei è andata anche un'altra profetessa ancora priva di compagni, chiamata Rosalind. Non sappiamo perché siano andate via. Non sappiamo come abbiano fatto a sopravvivere per tre giorni in quelle terre controllate costantemente dall'esercito dello stregone.»

«Traditrice» sputò una voce alla mia sinistra. «È in combutta con il Re dei Morti», ringhiò un altro.

Samuel alzò la voce. «Sappiamo, però, come hanno fatto i nostri a trovarle: Sorrel aveva in mano un'imbragatura e un sacchetto pieno di pietre, e la sua amica era per terra, caduta a causa di un colpo alla testa.»

Mormorii alti si levarono tra i guerrieri, insieme al ringhio di molti lupi.

«Silenzio» intimò un altro degli Alpha, e il rumore cessò.

Samuel continuò. «Abbiamo catturato entrambe, e le abbiamo riportate qui. Sorrel è come la vedete tutti; Rosalind, invece, giace come fosse addormentata, a causa della sua ferita. Ci sono le prove di una colluttazione. Se Rosalind dovesse morire, Sorrel sarà accusata di omicidio.»

Mi accasciai, incapace di restare ferma e orgogliosa ancora un secondo di più. Mi sentii prendere dalla fatica, da un peso enorme. Abbassai la testa, e chiusi gli occhi.

I guerrieri intorno a me presero ad urlare, chiedendo la mia morte. «È colpevole! Ha provato ad uccidere la sua stessa amica, una delle nostre preziose profetesse! L'abbiamo trovata con l'arma in mano, ferma a torreggiare sulla donna addormentata.»

«Perché ha lasciato la montagna?» chiese uno degli Alpha. Non alzò la voce, eppure la sua domanda si sparse per tutta la radura come se l'avesse fatto.

«Non vuole spiegare il perché lei e Rosalind hanno lasciato la loro casa e sono scappate dalla montagna» disse Samuel. «Non vuole parlare, non vuole rispondere alle domande degli Alpha. Quindi siamo costretti a giungere noi stessi a conclusioni.»

«È stata lei», mormorò qualcuno al mio fianco. Forse una delle mie guardie. «È colpevole.»

Un ringhio basso accompagnò l'accusa, ma cessò immediatamente.

«Il Re dei Morti si fa sempre più forte. Ogni giorno che passa cerca di scacciare le nostre difese. Come hanno fatto due giovani donne a lasciare non solo la nostra guardia, ma scampare anche alla sua?»

«Non è forse chiaro? È andata via per andare dal Re dei Morti, per tradirci.»

«Traditrice!» mormorò un altro.

«È in combutta con il Re dei Morti» dissero ancora, sputando nella mia direzione.

Io tenni la bocca chiusa. Sentivo ancora il peso della pietra tra le mie dita, piccola ma letale. Sentivo ancora il suono della mia imbracatura che squarciava l'aria, la pietra volare, piantarsi contro qualcosa che poi prese a perdere sangue. La testa di Rosalind, prima che lei cadesse. L'immagine continuava a ripetersi ancora e ancora dentro la mia testa, senza mai fermarsi, finendo sempre con la mia amica che si accasciava a terra, colpita.

Era colpa mia.

«Adesso basta» disse infine Samuel, e i guerrieri tornarono in silenzio. «Sorrel dei Berserker, sei stata giudicata colpevole di tradimento nei confronti del branco, di aver cospirato con il nemico, e di aver fatto del male alla tua amica. Hai qualcosa da dire a tua discolpa?»

Non ci provai neanche a parlare; ad alzare i miei occhi, e scuotere la testa. Tutto ciò che avevo da dire lo avevo già detto. I Berserker che mi avevano trovato in piedi accanto al corpo di Rosalind non avevano voluto credere alle mie parole, l'avevano considerata una favola inventata a tavolino. Perché sprecarsi a ripeterla un'altra volta?

L'Alpha lasciò che il silenzio continuasse per uno, due secondi, poi continuò. «Molto bene. Gli Alpha si ritireranno e decideranno cosa farne di te. Portatela via.»

Un guerriero mi spinse oltre la panca sulla quale ero salita, spingendomi oltre i guerrieri arrabbiati e i lupi ringhianti. Camminammo lungo il sentiero, molto vicino alle pietre, verso la foresta. Il grande focolare portava la sua luce oltre gli alberi, illuminando il nostro cammino.

«Qui» disse lui, puntando il dito sul terreno, ed io sentii il mio cuore fermarsi.

«No, vi prego» sussurrai mentre lui mi portava verso una buca. Non avevo mai pregato nessuno prima di quel momento, ma non potevo farcela più. «Dovunque, ma non lì.» Provai a liberarmi, ma persi l'equilibrio. Il guerriero mi avrebbe spinta dentro la buca, e mi avrebbe sepolta viva. Io avrei urlato fino a quando la terra non mi avrebbe riempito la gola, e niente avrebbe potuto più salvarmi, niente—

Un ruggito fece tremare gli alberi attorno a noi. Il guerriero mi lasciò di colpo, afferrando le sue armi.

«Chi va là?»

Qualcosa scattò oltre gli alberi, facendo tremare il terreno.

«Mostrati!» disse la guardia, girandosi per seguire il rumore, puntando la sua lunga lama verso qualsiasi fosse la minaccia. In mezzo agli alberi, qualcosa ruggì un'altra volta, il suono a riecheggiare tutto intorno a noi, facendo girare la guardia da un lato all'altro, nel panico. Qualsiasi bestia fosse in mezzo a noi, era a caccia, e stava giocando con la guardia. Era la mia occasione per scappare.

Feci un passo indietro, e finii contro un enorme corpo duro.

«Stai ferma» qualcuno ringhiò dentro il mio orecchio. Una mano forte si strinse intorno alla mia gola. Mi sentii pervadere dallo shock, le mie ossa pietrificate.

«Mostrati!» urlò la guardia, ignara che ci fosse qualcun altro a tenermi ferma. «A meno che tu non sia un codardo—» A malapena riuscì a tirare fuori l'ultima parola: un enorme lupo dal manto argenteo scatto dal fitto degli alberi, e si scontrò proprio contro di lui.

D'istinto, presi a scalciare per liberarmi dalla presa, facendo scattare i miei piedi da un lato all'altro. Chiunque mi stesse tenendo ferma mi gettò per terra, tenendomi con forza dalla gola. Io provai a liberarmi, ma presto mi fermai: il mio bisogno di aria era più forte di quello che sentivo per scappare.

Mi lasciò per terra, accanto ad un grosso pino. Io mi feci indietro, la schiena contro il tronco.

«Cosa—» Le parole mi morirono in gola quando riconobbi Thorsteinn, vidi la rabbia scritta sul suo viso.

«Stai ferma» ordinò. Non aveva bisogno di un'arma per farmi obbedire: le sue fattezze umane non c'erano più, rimpiazzate da quelle di un mostro. Tutto in quel suo corpo enorme e forte, nei suoi occhi dorati e selvaggi, mi disse che era molto vicino a perdere il controllo.

Deglutii attentamente, la mia mano immediatamente sul mio collo. Il mostro inclinò il viso da un lato, come aspettandosi che mi lasciassi andare al panico, o che provassi a scappare. Dopo un attimo grugnì e mi diede le spalle. Il suo corpo gigante bloccava la mia vista, impedendomi di vedere cosa stesse succedendo tra la guardia e l'enorme lupo.

Quando la guardia cattiva andò via, scappando, il lupo glielo lasciò fare, avvicinandosi a Thorsteinn con il pelo rizzo e i denti affilati.

8

Thorsteinn afferrò la sua ascia e la puntò verso il guerriero. «Tieni le tue manacce lontane da lei» ordinò, la sua voce un ringhio gutturale.

La guardia si alzò, le mani in alto. «Non volevo mancare di rispetto nessuno. Non sapevo che appartenesse a voi.»

«Adesso lo sai» disse Thorsteinn, girando l'ascia per sbattere l'impugnatura contro il suo palmo. «Hai toccato ciò che non ti appartiene. Sei fortunato che non ti stia tagliando le mani.»

Il ringhio del lupo rieccheggiò lungo la radura.

«Gli Alpha hanno ordinato—»

«'Fanculo gli Alpha» scattò Thorsteinn, ruggendo così forte da far tremare la montagna. «Vattene via.»

Il guerriero inciampò, prese a camminare indietro, fino a quando non cadde dentro un cespuglio; poi scappò via.

Io restai, ferma e tremante, dietro Thorsteinn e il lupo. Entrambi si girarono a guardarmi, i loro occhi dorati. Un vento improvviso fece abbassare il dorso del lupo, portandolo in forma umana, di nuovo su due gambe. Il guerriero, Vik, stiracchiò gambe e braccia, facendo una smorfia mentre faceva scrocchiare le ossa del collo. Quando la Trasformazione fu completata, sulle sue spalle era rimasta soltanto una pelliccia argentata, e nient'altro.

Entrambi si girarono a guardarmi. Io mi spinsi contro l'albero. Non avevo mai avuto paura di quei due guerrieri, ma non erano più soltanto uomini. I loro corpi erano cambiati, Trasformati in qualcosa che aveva fattezze umane ma era animale, mostruosa. Restarono in piedi, torreggiando su di me, i loro occhi dorati, la Bestia vicina, le dita allungate in artigli.

«Sorrel», raschiò Thorsteinn. Puntò un artiglio sul terreno, di fronte a lui. Io provai a spingere il mio corpo oltre l'albero, ma non riuscii a muovere un muscolo.

«Siete tornati», sussurrai. «Siete tornati per me.»

Vik inclinò il capo, annusando l'aria. «Pensavi che non saremmo tornati?»

Dopo avermi abbandonata? «No.»

«Sorrel» ripeté Thorsteinn, con molta meno pazienza. «Vieni qui.»

Per mera abitudine, la mia schiena si fece rigida. «No.»

«Non obbedisci?» chiese Thorsteinn, gli occhi incendiati.

Io gli scoccai la stessa brutta occhiata.

La risata di Vik ruppe il silenzio teso. Io scattai al suono della sua voce, e lui si avvicinò a me, le sue fattezze più calme, i suoi occhi meno luminosi. «Questa è la Sorrel che conosco.» Mi prese di peso, spostandomi dalla mia posizione, avvicinandomi di più ad entrambi. Poi prese ad ispezionarmi da capo a piedi, facendo scivolare le sue grandi mani lungo le mie spalle, la mia testa, stringendo le mie braccia, toccando i miei fianchi, le mie gambe. Alzò le mie mani legate, ma non mi liberò.

«Disarmata?» ringhiò Thorsteinn.

Vik grugnì in risposta.

Avreste semplicemente potuto chiedermelo, scoccai un'occhiata di fuoco a Thorsteinn, ma lui non rispose. Restò fermo e teso accanto a noi, le sue mani e i suoi artigli stretti a pugno, come a fermarsi prima di perdere il controllo.

Vik esaminò le mie dita, testandole tutte per assicurarsi che ancora le sentissi. Poi controllò il dietro della mia testa per vedere se ero ferita, le mie orecchie.

Soddisfatto nel vedermi intera, fece un passo indietro e annuì a Thorsteinn.

Io mi leccai le labbra. «Contenti, adesso?»

Fu in quel momento che Thorsteinn mi guardò negli occhi. «No.» In un attimo mi fu addosso. La sua mano si strinse intorno al mio collo, spingendomi contro l'albero. Io restai a fissarlo, i miei piedi non più a toccare il terreno. Mi strinse forte nella sua presa, il suo palmo a togliermi il respiro, ma senza spingere con forza. Il respiro lasciò le mie labbra con fatica mentre lui si toccava un sopracciglio. «Perché hai lasciato la montagna?» chiese, la sua voce nient'altro che un ringhio che di umano aveva poco.

«Dovevo—»

Lui ringhiò. «Davvero contavamo così poco per te, che sei infine scappata?»

Scappata da loro? Erano stati loro a lasciarmi per primi!

«Siete andati via!» ringhiai io di rimando. «Non vi ho pensati affatto.» Non era vero, e lui lo avrebbe sentito. Ma avrei continuato a negare fino alla fine.

«Menti.» La sua presa sul mio collo si strinse. I suoi occhi erano completamente dorati, il pelo si stava formando lungo le sue braccia. Era vicino alla Trasformazione.

«Thorsteinn», ammonì Vik, e il guerriero arrabbiato mi lasciò andare. Le mie gambe non ce la fecero e si piegarono, facendomi quasi cadere a terra se non fosse stato per Thorsteinn stesso, che mi afferrò prima che succedesse.

«Piano» mormorò, la voce più calma, gli occhi meno dorati. Io deglutii, e abbassai lo sguardo. La Bestia era vicina.

Non riuscii a frenarmi dal provocarlo nonostante tutto. «Perché t'interessa?»

Thorsteinn ringhiò di nuovo, provando a prendermi un'altra volta, e Vik lo fermò con una mano.

«Strozzarla non le farà vedere che ci tieni» disse, in quel suo solito tono divertito e strafottente. Vik aspettò che Thorsteinn si calmasse e annuisse, prima di girarsi verso di me. «Non giocare con noi, Sorrel. Sai molto bene che ci teniamo.»

«Quello che so è che mi avete lasciata dentro una casa piena di ragazze *non accoppiate*» dissi, sottolineando le ultime due parole, stringendo le braccia al petto. Tenni gli occhi fissi sul terreno. «Non so perché siete tornati.»

Vik e Thorsteinn si scambiarono un'occhiata. «Eravamo

di pattuglia vicino alla tana del Re dei Morti quando ci è stato detto quello che hai fatto», disse Vik. «Abbiamo corso per giorni e per notti per arrivare da te prima del processo.»

«Non potevamo crederci» cominciò Thorsteinn, la voce gutturale, spezzata, poi si fermò. Prese qualche respiro, e continuò a parlare. «Non potevamo credere a ciò che stavamo sentendo. Due profetesse avevano lasciato la protezione della nostra montagna, della loro casa, della loro famiglia per avventurarsi oltre i nostri bordi. Avevano eluso le guardie e poi erano andate dritte verso il nemico.»

«Pare che il nostro addestramento ti abbia aiutato ad essere furtiva», mormorò Vik.

«Che cosa diavolo ti è passato per la testa, che ti ha fatto scappare?» chiese Thorsteinn, in un ringhio.

Mordendomi il labbro inferiore, restai a guardare il terreno. Lui mi scosse, le mani dietro il mio collo, come fossi un cane.

«Sorrel?» Vik si avvicinò a me. «Rispondi.»

«No», sussurrai, così affranta da riuscire a malapena a tirare fuori le parole.

«Ce lo dirai» ringhiò Thorsteinn, scuotendomi ancora. «Se anche dovessimo costringerti a parlare.»

Avrebbero potuto. Avrebbero potuto costringermi senza alcun problema. Dopo aver detto la storia ai guerrieri che mi avevano trovato ferma accanto al corpo di Rosalind, sarebbe stato un sollievo essere davvero ascoltata. Non potevo dire tutta la storia—non potevo rischiare. Non potevo farlo a Rosalind. Forse l'avevo quasi uccisa, ma non avrei macchiato il suo nome. Dire loro che era stata lei a tradire il branco. Anche se era vero.

«Sono scappata perché l'ha fatto Rosalind» tirai fuori, fermandomi per vedere le loro reazioni.

«È stata Rosalind ad andarsene per prima?» Vik inclinò la testa di lato. Entrambe le loro espressioni erano vuote.

«Sì. Se n'è andata nel bel mezzo della notte, ed io l'ho seguita.»

«Se n'è andata» ripeté Vik. Poi, lui e Thorsteinn si scambiarono un'occhiata. Riuscivo a vedere il dubbio nei loro occhi.

Improvvisamente, mi sentii pervadere dalla rabbia. «Perché mai dovrei dirvi altro?» sibilai. «Perché sprecare il fiato, se non volete comunque credermi?»

«Rosalind era nella casa con sua sorella Aspen. I guerrieri dicono che erano estremamente legate. Perché andarsene, e lasciare sua sorella qui?»

«Non lo so» dissi, sentendo le forze lasciarmi. «Non gliel'ho chiesto.» Ero stata troppo occupata a cercare di tenerci in vita entrambe.

«Al contrario, tu non hai fatto altro che parlare liberamente della tua fuga. Di voler andare dentro la foresta, di tenerti in vita facendo la cacciatrice. Questo era sempre stato il tuo piano, anche quando eri ancora nell'abbazia» disse Thorsteinn, come tormentandomi. «Ho torto?»

«No, è vero» sussurrai io. Tutto di me, di ciò che ero, del modo in cui mi comportavo andava contro la mia versione. Non era strano che nessuno mi credesse.

Avevo sperato che almeno loro due, Thorsteinn e Vik, potesse credermi, almeno provarci. Ma forse era più semplice credermi una bugiarda. E, forse, così sarebbe stato più semplice anche per me: così, avrei potuto tenere al sicuro i segreti di Rosalind. Avrei potuto non dire a nessuno che cosa aveva fatto.

«L'hai seguita lungo la montagna per tre giorni. Perché poi l'hai colpita?» Thorsteinn mi scosse di nuovo, quando restai in silenzio. «*Rispondimi!*»

«Thorsteinn» lo richiamò Vik, e il guerriero arrabbiato mi lasciò andare. Io scattai in avanti, pronta a cadere, ma finii tra le braccia di Vik.

13

«Sorrel—» cominciò lui, ma non finì mai la sua frase.

Un ramo spezzato da passi arrivò verso di noi, e Thorsteinn scattò verso di esso con un ruggito.

Ragnar apparve attraverso gli alberi, le mani alzate, come per provare che non aveva armi. «Gli Alpha vogliono vedervi adesso. Sono pronti a far sapere la condanna che hanno scelto.»

Thorsteinn ringhiò. Vik si alzò, la sua mano sulla mia schiena. «Arriviamo subito. Dì agli Alpha che la portiamo noi.»

Ragnar annuì, e sparì tra le ombre.

Thorsteinn s'inginocchiò di colpo di fronte a me. Alzò un dito allungato dagli artigli, e con delicatezza disarmante mi alzò il viso, facendo scontrare i nostri occhi.

«Non dirai nulla. Non farai nulla. Non guarderai nessuno. Mi hai capito?» Quando io restai soltanto a fissarlo, la sua espressione si fece arrabbiata, pronto a Trasformarsi. «Ti sottometterai a noi. Dillo. Promettici che lo farai.»

«Sorrel» attirò la mia attenzione Vik, più cauto. «È una questione di vita o di morte. Il branco vuole il tuo sangue. Devi fare esattamente ciò che diciamo, niente di più, niente di meno. Se non lo fai» disse, scoccando un sorrisetto divertito al suo guerriero arrabbiato. «Thorsteinn si trasformerà in una Bestia e proverà ad uccidere gli Alpha. E morirà. E tutto sarà perduto.»

«Prometti», ringhiò Thorsteinn.

Io guardai da un guerriero all'altro. Visi così familiari... eppure, ora, così distanti.

«Lo prometto.»

Un piccolo sorriso curvò le labbra di Vik. «Brava bambina.» I suoi occhi si accesero del suo solito umore.

Thorsteinn restò a guardarmi come fossi il nemico. Con un grugnito, si alzò in piedi e fece strada. Vik si mise dietro di me, dandomi piccole pacche sulla schiena per incoraggiarmi ad andare avanti. Io camminai di mia volontà, almeno fino a quando non raggiungemmo la radura piena di guerrieri arrabbiati.

«Non guardare nessuno che non sia io o Thorsteinn» mi ricordò Vik. Io tenni gli occhi fissi sugli stivali del primo. Era passato tanto tempo dell'ultima volta in cui mi ero ritrovata a dover fingere di essere docile e ubbidiente.

La cosa non aveva mai portato a nulla di buono.

«Assassina» sibilò un guerriero, e Vik si girò a ringhiargli contro.

Quando raggiungemmo gli Alpha, io cominciai a camminare verso la pietra, verso di loro, ma Vik mi fermò con una mano forte sulla spalla. Thorsteinn restò in piedi di fronte a me, Vik dietro, bloccandomi dalla vista di tutti quanti.

«Thorsteinn, Vik» disse il leader degli Alpha. «Siete tornati.»

«Appena in tempo» mormorò l'Alpha tatuato.

«Dove siete stati?» chiese ancora un altro.

«Siamo stati di pattuglia, vicini alla tana del Re dei Morti. Abbiamo passato giorni a nasconderci dalla sua armata, spiando» rispose Vik.

«Perché accettare un lavoro così pericoloso e lasciare indietro la donna che avete reclamato?» chiese Samuel, gli occhi chiari e scintillanti.

Thorsteinn scrollò le spalle. «Perché abbiamo esperienza in questo campo, non potevamo restare indietro. È per questo che siamo andati entrambi.»

«E l'accusata è la vostra compagna?»

La mano di Vik si strinse intorno alla mia spalla. Non riuscii a capire perché stesse cercando di rassicurarmi fino a quando non sentii la risposta di Thorsteinn.

«No.»

Un mormorio alto prese a muoversi lungo i guerrieri.

15

Protestavano, richiedevano il mio sangue, mi volevano morta.

«Silenzio» disse uno degli Alpha, ancora e ancora. *«Silenzio!»*

Io restai, ferma e immobile, a guardare il terreno con la mano di Vik ancora ferma intorno alla mia spalla. Thorsteinn restò a guardare davanti a sé, il viso duro e impassibile come la roccia della montagna. Avrei voluto che guardasse me.

Vik mi strinse la spalla un'altra volta.

«Spiegati meglio» ordinò l'Alpha chiamato Samuel. «Avete reclamato questa profetessa di fronte al branco, e avete promesso di tenerla al sicuro. Perché dire, adesso, che non è la vostra compagna?»

«Perché è la verità. L'abbiamo reclamata, e abbiamo aspettato che il legame si formasse, ma non è mai successo. E così, di ritorno alla montagna, l'abbiamo lasciata con le altre profetesse ancora senza compagno e siamo andati in pattuglia. Era chiaro che non fosse legata. E adesso lo sappiamo per certo. Sorrel aveva in mente di scappare da noi di tutto principio. Ha finto di avvicinarsi a noi, così che potessimo fidarci di lei, ma nel momento stesso in cui l'abbiamo fatto, lei è scappata via. Siamo convinti che abbia portato Rosalind con sé, convincendola ad accompagnarla, ma durante la strada devono aver avuto qualche diverbio. Forse Rosalind voleva tornare, e Sorrel invece no. La discussione si è fatta troppo accesa, ed è diventata violenta. Forse sapevano che i Berserker erano vicini, e allora Sorrel, disperata, ha deciso di colpire Rosalind.»

La storia di Thorsteinn mi colpì come un coltello conficcato nel petto.

Non avevano sentito neanche una singola parola di ciò che avevo detto.

Proprio come tutti gli altri, alla fine anche loro avevano

deciso di non credermi. Mi sentii mancare il terreno sotto i piedi, ed ero certa che sarei caduta se non fosse stato per la stretta di Vik sulla mia spalla.

I guerrieri intorno a me presero a ringhiare, a sbattere contro i loro scudi, ad urlare perché venissi punita e uccisa.

Thorsteinn non mi guardò mai, neanche per un attimo.

Perché stai dicendo queste bugie?, volevo urlare. Di tutti i Berserker, loro erano gli unici che avrei giurato non avrebbero mai creduto il peggio, di me. *Se non mi credete voi, allora chi?*

«Sapevamo che ci fosse qualcosa che non andava... ma non avremmo mai potuto pensare che la cosa fosse così ben organizzata», aggiunse Vik.

Poi, Thorsteinn decise di darmi il corpo di grazia.

«Sorrel non ha mai legato con noi. Abbiamo fatto tutto il possibile, ma non è mai stata davvero nostra. È per questo che l'abbiamo mandata in casa con le altre profetesse, prima di andare via.» Fu in quel momento che decise di girarsi e piantare i suoi occhi su di me, freddi e calcolatori. Sul suo sguardo non c'era altro che disturbante finalità. «Sorrel non è mai stata la nostra compagna.»

* * *

NON SO COSA SUCCESSE, dopo. I guerrieri presero a gridare, e gli Alpha non riuscirono più a mantenere l'ordine. Il fumo del falò si alzò in alto così tanto da soffocarmi, costringendomi a tossire, facendomi perdere l'equilibrio. Gli occhi mi bruciavano mentre il mondo, intorno a me, diventava grigio. Non riuscii più a vedere la forma alta di Thorsteinn, le sue braccia larghe incrociate su quel petto tatuato; o Vik, intento a sfregarsi la barba, il suo solito buon umore svanito.

Non è mai stata la nostra compagna. Non è mai stata la nostra compagna. L'eco nella mia testa si fece alto e imponente

17

quanto le fiamme intorno a me, inghiottendo tutto il resto, pugnalandomi al petto. Persi il respiro.

«Portatela via. Trattenetela fino al giorno della sentenza», ordinò uno degli Alpha. Qualcuno afferrò la corda che circondava i miei polsi e tirò con forza, spingendomi giù dalla pietra. Le voci alte e arrabbiate vennero meno mentre io venivo trascinata fuori dalla radura. Barcollai, e una mano si poggiò subito sul mio fianco.

«Piano», mormorò una voce profonda. Vik. Io scattai indietro, lontana da lui. Il mio corpo e la mia anima bruciavano di dolore, completamente distrutti da ciò che entrambi avevano detto di fronte al branco. Il tempo che avevamo passato insieme nella nostra casa; tutti i momenti dolci che avevamo passato insieme; la fiducia che avevo dato loro, i pezzi del mio cuore che avevo deciso di sacrificare. Tutto quanto venne spazzato via nel giro di pochi secondi, con il potere di pochissime parole.

«Sorrel», cominciò Vik, ma Thorsteinn alzò subito la mano.

«Non qui», gli disse, mettendolo a tacere. Poi tirò ancora una volta la corda che legava i miei polsi. «Vieni», disse poi a me, ma io mi rifiutai; piantai i piedi per terra, e gli scoccai un'occhiata di fuoco.

«Sorrel...» Il tono di Thorsteinn, nel pronunciare il mio nome, non aveva nulla di simile a quello di Vik. Il guerriero dagli occhi grigi mi scoccò lo stesso identico sguardo che gli stavo riservando io, le labbra serrate e quelle sopracciglia folte inclinate verso il basso. «Obbedirai», ringhiò.

No. Non avevo bisogno di rispondere a parole, perché lui potesse sentirmi. La Bestia si depositò sugli occhi di Thorsteinn, il suo sguardo freddo e rabbioso mentre le sue iridi cambiavano colore, diventando dorate. Accanto a noi, Vik sospirò e strinse le braccia al petto.

Ci fu una lunga, lunghissima pausa. Il mio stomaco era in

subbuglio, ma mantenni la mia posizione come fossi piena di forze. Sapevano bene quanto potessi essere testarda. Non era saggio, stuzzicare quei guerrieri; lo sapevo bene. Ma quando mai quella consapevolezza era riuscita a fermarmi?

Thorsteinn si raddrizzò di colpo. «Molto bene» disse, voce ferma e dura, gli occhi ancora luccicanti. «Vorrà dire che lo faremo con le cattive.»

Feci un passo indietro mentre lui si avvicinava, ma non riuscii ad andare abbastanza lontano prima che lui mi afferrasse e mi facesse andare su, su, su, gettandomi sulla sua spalla con poche cerimonie, facendomi arrivare lo stomaco in gola e i capelli completamente riversi sul viso. Thorsteinn mi diede uno schiaffo sul sedere e poi strinse la presa sulle mie gambe, impedendomi così di scalciare. Sapevo di non avere via di fuga: anche prendere a pugni la sua schiena non avrebbe fatto alcuna differenza; al massimo, sarei riuscita a fargli il solletico. Strinsi le dita intorno alla sua giacca, tenendomi forte mentre lui prendeva a camminare.

Quando alzai il capo, Vik avevano una mano sulla bocca, come sul punto di lisciarsi la barba. Agli angoli dei suoi occhi vidi formarsi delle piccole rughe, come stesse nascondendo un sorriso. Quando lasciò cadere la mano, la sua espressione era solenne e seria. Ma ammiccò lo stesso verso di me.

Thorsteinn aumentò il passo. Il buio calò su di noi mentre i guerrieri lasciavano il sentiero e si immergevano all'interno della foresta, facendosi strada in mezzo agli alberi.

Ero completamente stanca e stordita per quando Thorsteinn mi lasciò andare sulla base dell'albero massiccio che costituiva la nostra casa. *La loro casa*, mi corressi mentalmente. Se non ero la loro compagna, allora io non avevo più una casa.

Mi rannicchiai a terra mentre Vik scalava gli ancoraggi e gettava giù una corda. Thorsteinn l'afferrò immediatamente,

19

legandola al grande cesto che non vedevo dalla prima volta in cui avevo poggiato gli occhi sulla casa sull'albero.

* * *

Prima

«COS'È QUESTO POSTO?», *chiesi.*

Vik mi scoccò un sorrisetto, mostrandomi i suoi denti bianchi. «Noi lo chiamiamo Yggdrasil. L'albero che racchiude i mondi.»

Strizzai gli occhi di fronte a quel frassino gigante. Il tetto si estendeva oltre la struttura, più grande di qualsiasi altra io avessi mai visto.

«Vik ti sta prendendo in giro» disse Thorsteinn, scuotendo il capo. Ormai mi ero abituata a quel loro ritmo: Vik scherzava, e Thorsteinn fingeva di disapprovare quel suo comportamento, nascondendo ad entrambi, me e Vik, i suoi sorrisi. «Yggdrasil significa albero della vita, o albero del mondo. Esiste davvero, e non è questa; la vera Yggdrasil racchiude al suo interno i nove mondi, compresa Asgard, la casa degli Dèi.»

«Esiste un solo Dio», corressi io in automatico, e poi mi coprii la bocca, inorridita nel sentire gli insegnamenti delle suore uscire così facilmente dalla mia bocca.

«Ah, sì?» Vik scosse la testa. «È questo che credi?»

Deglutii, cercando un modo per cambiare discorso, ma inutilmente: Vik e Thorsteinn presero a guardarmi come realmente interessati a sapere cosa avevo da dire riguardo l'argomento. Sapevo bene fosse inutile discutere con quei due guerrieri; dopo tutto quello che avevamo passato, lo avevo ormai capito. Ma per me era sempre stato difficile tenere la bocca chiusa e non esprimere i miei pensieri a voce alta. Le cicatrici che portavo sulla schiena lo provavano.

«Non lo so, cosa credo.»

I guerrieri fecero spallucce e tornarono a fare quello che stavano facendo prima: sistemare le corde sui rami in uno schema che sembrava molto complicato. Li vidi inchiodare delle tavole al tronco dell'albero; Thorsteinn si arrampicò, e attaccò la corda a un cesto nascosto tra le foglie.

Il vento arrivò all'improvviso, facendo scuotere la chioma verde dell'albero, e il baldacchino prese a frusciare come mille uccelli. Sopra le nostre teste, annidate tra i rami più spessi, delle tavole appena sbozzate formavano una piattaforma. Quando indietreggiai, il resto della struttura mi si palesò davanti in tutta la sua interezza—una casa vera e propria, costruita con legno e paglia, e fissata sull'albero.

Ora che ci facevo caso, avevo in effetti notato della segatura disseminata lungo il terreno che ci aveva portati proprio lì.

«L'avete costruito voi?» chiesi, allungando il dito per indicare la casa.

Vik annuì. «Ti piace?» Poi afferrò una ciocca dei miei capelli e tirò piano, giocando. «Lo immaginavo. Sei un piccolo scoiattolo.»

Io gli lasciai uno schiaffo sulla mano, e lui scoppiò a ridere. **Forse non dovrei sentirmi così tanto a mio agio con quelli che, a conti fatti, sono i miei rapitori.** *Ma la verità era che con Vik era facile, parlare; facile da apprezzare.*

«Non sono uno scoiattolo», borbottai allora.

«Eppure non fai altro che arrampicarti sugli alberi» considerò lui, divertito.

Thorsteinn saltò giù, tra le dita il cesto. Era largo e profondo, abbastanza grande da contenere un piccolo corpo. Proprio come il mio.

«Per favore» cominciai appena lo vidi, prendendo ad indietreggiare, fermandomi solo quando mi ritrovai a sbattere contro il petto di Vik. Alzai lo sguardo. «Devo per forza salire sopra quel cesto? Non potreste insegnarmi ad arrampicarmi su?»

«Vuoi arrampicarti?» mi chiese allora Thorsteinn. Dei due guerrieri, lui era quello che mi intimidiva di più. Ma la sua voce, in quel momento, era gentile. Si accovacciò davanti a me, così alto che,

21

anche se in ginocchio, adesso finalmente i nostri visi erano alla stessa altezza. Per la prima volta, i suoi occhi grigi e seri guardarono dritti nei miei.

Io annuii.

«Va bene, allora, piccola guerriera. Potrai salire da sola, ma solo se vai piano e segui le regole. E...» Thorsteinn allungò la mano, e Vik gli passò la corda ancora libera. «Devi indossare un'imbracatura. Abbiamo fatto troppa strada e sofferto troppo per rischiare che tu ti faccia male in questo modo.»

Io mi limitai ad annuire di nuovo, resistendo all'impulso di contorcermi per poter grattare la gamba. Ormai era guarita, la pelle intatta e senza più ferite, ma, se avessi chiuso gli occhi, sarei riuscita a sentire il rumore di ossa che si rompono un'altra volta. Avrei potuto sentire di nuovo il dolore lancinante che mi aveva presa da capo a piedi, il sangue caldo e vivo che aveva cominciato a scivolarmi lungo la gamba.

Vik si schiarì la voce, ed io mi resi conto soltanto così di aver cominciato ad accarezzare il punto, tra l'incavo del collo e la spalla, dove ero stata marchiata.

La fronte di Thorsteinn si aggrottò, e con una mano sollevò la giacca che aveva creato lui stesso per controllare quello stesso punto. «Ti fa ancora male?»

I segni dei morsi sul mio collo pulsarono, a quella domanda, sensibili... ma non dolorosi. Thorsteinn si perse a controllare il marchio, la pelle liscia e cicatrizzata, una chiazza rossa e lucida l'unica, vera prova della ferocia dei due guerrieri. «No.»

Thorsteinn e Vik si scambiarono uno sguardo; restarono in silenzio, e nel silenzio sembrarono comunicare tra di loro senza che io potessi sentirli.

Poi, Thorsteinn si alzò di nuovo in piedi.

«Ti insegneremo ad arrampicarti. Ma prima la corda.» Thorsteinn avvolse la lunga corda intorno alla mia vita, sulle mie spalle e intorno alle gambe, creando—di fatto—un'imbracatura proprio come aveva detto. Io rimasi immobile, perdendo il respiro sotto il

suo tocco. Quando finì, i suoi occhi brillavano d'oro. Anche lui sentiva ciò che sentivo io.

Vik si avvicinò a noi, facendo scivolare le mani lungo l'imbracatura per testarne la resistenza.

«Segui i nostri ordini, e fai come ti diciamo», mi ordinò Thorsteinn. Era lui a dare gli ordini più spesso; Vik, invece, per la maggior parte scherzava.

Come a testare quella teoria, mentre Thorsteinn aggrottava la fronte e sistemava meglio i nodi appena fatti da lui stesso, Vik incontrò il mio sguardo e mi scoccò un occhiolino.

Io feci ciò che potevo per nascondere una risatina mentre Thorsteinn tornava dritto.

«Promettilo, Sorrel.»

«Farò la brava. Lo prometto.»

«Brava bambina» sussurrò lui, e i nodi dentro il mio stomaco sembrarono sciogliersi all'improvviso, al suono di quell'elogio.

Ci girammo a guardare l'albero. Vik si arrampicò per primo sui pioli, facendomi cenno verso di essi mentre io lo guardavo. Il guerriero barbuto si era fatto serio di colpo. Le mani di Thorsteinn si poggiarono sulla mia vita, tenendomi ferma fino a quando Vik non finì di mostrarmi cosa avrei dovuto fare.

«Pronta?» mi chiese, e il suo respiro mi solleticò il collo.

Io deglutii. Erano giorni, ormai, che viaggiavo con quei guerrieri. Avevamo camminato, corso, ci eravamo nascosti dai nostri nemici e accampati in rifugi bui. Avevamo affrontato mille e mille pericoli, rischiando quasi di non farcela. Erano venuti a prendermi, portandomi via dall'unica casa che avessi mai conosciuta, catturandomi... eppure, con loro non ero mai stata nient'altro che al sicuro.

E ora che eravamo davvero al sicuro, nel loro territorio, dove niente e nessuno avrebbe potuto farci del male, quei due guerrieri sembravano non avere alcuna intenzione di lasciarmi andare. Una parte di me, sebbene ancora non riuscissi ad accettarlo, non voleva che lo facessero. Con loro mi sentivo libera per davvero, come mai mi ero sentita prima. Forse mi avevano rapita, ma da loro non avevo ricevuto altro che rispetto. Mi trattavano come un'eguale, come un'amica.

Forse, come qualcosa di più.

Non riuscivo a capire cosa provassi per loro.

«Sono pronta.» Poggiai le mani sui pioli sopra la mia testa, e aspettai che Thorsteinn mi sollevasse, le sue mani ancora sui miei fianchi.

«Vai piano. Aspetta Vik», continuò ad ordinarmi.

«Promesso.» Non mi veniva facile, fare la brava ragazza, ma mi ero accorta che meno discutevo, più obbedivo, e più libertà quei guerrieri mi lasciavano.

«Brava bambina.»

Thorsteinn mi sollevò, mettendomi in posizione, ed io mi aggrappai al tronco dell'albero, premendo sulla corteccia e afferrando i pioli come fossi davvero uno scoiattolo.

«Sorrel», mi chiamò Thorsteinn, ed io girai lo sguardo in tempo per incontrare uno dei suoi rarissimi sorrisi. Per un attimo perse quel suo sguardo severo, e quell'espressione felice e giocosa sul suo volto mi fece provare cose, dentro di me, che non ero certa di essere ancora pronta ad analizzare. «Benvenuta nella tua nuova casa.»

* * *

Ora

Scossi la testa quando vidi Thorsteinn avvicinarsi al cesto. «Voglio arrampicarmi, come facevo prima.»

Thorsteinn mi studiò per un po'. «Prometti di obbedire ai miei ordini? Di fare ciò che ti dico, da questo momento in poi?»

Io mi limitai a scoccargli un'occhiataccia, in risposta. Sapevo che la cosa migliore sarebbe stata semplicemente promettere e andare avanti, ma se mi avevano rinnegato di fronte al branco, allora che futuro potevamo avere?

«Molto bene», ringhiò Thorsteinn, prendendomi poi di peso e gettandomi dentro il cesto. Provai a liberarmi, ma nel momento stesso in cui fui gettata dentro senza tante cerimonie, mi ritrovai in aria.

Quindi non potevano fidarsi di me neanche per fare una salita che avevo già fatto tantissime altre volte, prima. Guardai il recinto di giunchi intrecciati, chiedendomi che cosa avrebbero fatto se avessi deciso di liberarmi e gettarmi di sotto. Probabilmente mi avrebbero lasciato lì e basta, con le ossa rotte e tutto il resto.

Le cose erano cambiate del tutto...

«Eccoci qui.» Vik si sporse verso di me, tirando il cesto verso una robusta sporgenza di legno. Si era arrampicato per primo, così da essere già lì mentre Thorsteinn, invece, si occupava di farmi salire. Scoccai un'occhiata al guerriero sotto di me, intento a tenere con forza la corda. Una volta che il cesto fu al sicuro sulla sporgenza di legno, Vik mi aiutò a scendere da lì. «Prima le cose importanti.» Prese il suo coltello dalla tasca, e tagliò le corde che mi circondavano il corpo e i polsi.

Nel momento stesso in cui fui libera, presi a massaggiarmi la pelle dolorante dei polsi con forza.

«Fammi vedere» disse Vik, gettando via la corda e prendendomi i polsi con delicatezza, facendo una smorfia alla pelle irritata. «Questi segni dovrebbero essere già in via di guarigione...» disse, e sapevo perché. La magia dei Berserker doveva essere nelle mie vene grazie al nostro legame.

Io strinsi gli occhi contro le ferite ancora aperte e sanguinanti, sentendomi prendere dalla rabbia. Prima rinnegavano il legame tra di noi, e poi si aspettavano che quello stesso legame che avevano chiamato inesistente riuscisse a guarirmi.

Come intuendo i miei pensieri, Vik scostò una ciocca dei miei capelli dietro l'orecchio. «Ha già funzionato una volta.»

I marchi sulle mie spalle presero a pungere, ed io li coprii con le mani.

«Quale legame?» scattai io. «Oppure non hai sentito quello che ha detto Thorsteinn? Non c'è alcun legame che possa guarirmi.»

Vik aggrottò la fronte. «Thorsteinn ha detto quello che ha detto per un motivo.»

«Ah, sì? Quale motivo?»

«Te lo diremo» disse la voce rabbiosa di Thorsteinn, rimbombando dalla capanna di alberi. Lo vidi tirarsi su sulla piattaforma e poi togliere la scala di corda con cui era salito. «Ma prima tu dovrai rispondere alle nostre domande.»

Fece strada verso di me, ed io sentii il mio cuore battere più forte. Non avevo paura di lui; non ne avevo mai avuta. Ma il mio corpo non poteva fare a meno di indietreggiare di fronte a lui, ricadendo in ruoli ormai vecchi e superati: lui quello del predatore. Io quello della preda.

«Perché sei scappata, Sorrel?»

Io strinsi le labbra. Vidi gli occhi di Thorsteinn scintillare di rabbia.

«Perché lasciare la montagna? Che ragione avresti mai potuto avere?»

Mi girai a guardare Vik, cercando aiuto, ma il guerriero barbuto restò indietro, l'espressione imperscrutabile, le braccia incrociate sul petto mentre il suo fratello guerriero continuava a torturarmi con quelle domande.

«Hai la minima idea di ciò che abbiamo provato, quando abbiamo scoperto che eri scappata via?» Nell'oscurità di ciò che una volta era stata la nostra dimora, io non riuscivo a distinguere lo sguardo sul volto di Thorsteinn. Ma non c'era modo di nascondere o mettere in dubbio la rabbia che bagnava il suo tono di voce. «Quando abbiamo scoperto che eri andata fuori dalla sicurezza della montagna, del branco? Dopo tutto ciò che abbiamo dato per te. Dopo tutto ciò che abbiamo fatto. Riesci ad immaginare cosa abbiamo provato» disse, avvicinandosi a me, il pavimento di legno a tremare sotto il suo passo rabbioso, «nel sapere che la donna per la quale abbiamo lottato, che abbiamo accudito, protetto e *reclamato* ha rifiutato la nostra protezione per correre tra le braccia del nemico?»

Avrei dovuto chiudermi in me stessa; tremare dalla paura, mettermi a piangere e chiedere scusa. Ma la verità era che non avevo mai provato alcuna paura nei confronti di quei guerrieri, neanche la prima volta in cui li avevo visti. E non avrei di certo cominciato adesso, soprattutto quando non avevo fatto nulla di male.

«Siete stati voi a lasciare me!» urlai, alzandomi in piedi. Ero molto più bassa di lui, ma mi alzai fino a quando potei e strinsi forte i pugni, guardandolo dritto negli occhi. «Mi avete riportata nella casa delle ragazze senza compagni!»

«Siamo stati mandati in missione!» scattò Thorsteinn di rimando, tremante di rabbia. «Ti abbiamo mandata dove sapevamo che saresti stata al sicuro. E poi veniamo a sapere che avevi lasciato la casa; la montagna! Aggirato le guardie di turno per andare in territorio nemico!» Thorsteinn fece scivolare le dita tra i capelli, stringendo le punte delle sue trecce con forza, in un gesto che conoscevo bene. Lo faceva spesso, quando era arrabbiato con me. «Per quanto a lungo avevi intenzione di scappare, Sorrel? Quanto a lungo, prima che il nemico ti trovasse e ti uccidesse?» Il ruggito che lasciò andare a quelle parole fece tremare le mura della casa. Sentii i peli del mio collo rizzarsi, ma non feci neanche un passo indietro. «Avresti potuto morire, lì fuori» disse, basso, voce piena di rabbia, e prese a camminare avanti e indietro. Dietro di lui, Vik si accarezzava pensieroso la barba.

Io sbuffai. Come se fossero davvero preoccupati per me.

27

«Oh, ma per favore! Non fingete che v'importi. Non ve ne frega niente! Non dopo avermi lasciata da sola.»

«Invece c'importa», disse Vik. «Siamo corsi via dalla nostra postazione in zona nemica nel momento in cui abbiamo saputo della tua fuga, per tornare qui. E quando torniamo, scopriamo che invece l'intero branco ti vuole morta.»

Sentii la gola stringersi di colpo. Prima che andassero via, ci credevo davvero che ci tenessero, a me. Ma quando era stato detto loro di andare in pattuglia nel profondo del territorio del Re dei Morti e io avevo chiesto, implorato loro di portarmi con sé. Invece loro mi avevano lasciata in casa con le altre ragazze dell'abbazia che non avevano ancora trovato un compagno, ed erano andati via. All'inizio avevo sperato, *creduto* anche, che sarebbero tornati a riprendermi. Ma tantissime Lune erano passate da allora, e adesso avevo finalmente capito che non avevano alcuna voglia di riprendermi con sé. Non avevano alcuna intenzione di tenermi come loro compagna.

«Abbiamo passato mesi al tuo fianco. Prendendoci il nostro tempo, dandoti modo di fidarti di noi. E ci ripaghi scappando via da qui. Dimmi, Sorrel» disse Thorsteinn, stringendo le dita d'improvviso intorno ai miei capelli corti, alzandomi la testa per poterlo guardare negli occhi. «Era questo che volevi fare? Prenderci in giro? Aspettare, farci cadere nella tua trappola, portarci a fidarci di te... per poi scappare via alla prima opportunità?»

Mi sentii soffondere dal calore, e subito dopo dal gelo. Neanche loro mi credevano. Non mi credeva nessuno... ma, tra tutti gli altri, la diffidenza di Thorsteinn e Vik era quella che feriva di più. Era un tradimento.

Non mi sarei mai più fidata di nessuno.

«È stata tutta una presa in giro?» mi chiese ancora Thorsteinn, stringendo la presa tra i miei capelli, portandomi le lacrime agli occhi. Ma non avrei mai ceduto al suo tocco, alla paura, a lui. Mai più. «*Rispondimi.*»

«*Lasciami andare*» ringhiai invece io. I Berserker non erano gli unici in grado di ringhiare. «Non c'è niente che io debba dirti, e niente che tu possa dire a me. Avete detto abbastanza. Mi avete rinnegata di fronte al branco.» *Vi siete inventati delle storie tremende; mi avete dipinta nel modo peggiore.*

«Per salvarti la vita, piccola» mi disse Vik. «Era parte del nostro piano.»

«Parte del vostro piano? Cosa vorrebbe dire?»

Thorsteinn alzò immediatamente una mano per zittire Vik, che stava già per rispondermi. «Non hai alcun diritto di farci domande. Non fino a quando non ci spiegherai il motivo per cui sei scappata.»

«Ve l'ho già detto. Ho seguito Rosalind» dissi, sapendo bene che comunque non mi avrebbero creduto.

«Come hai fatto ad allontanarti dalla montagna?»

«Grazie all'addestramento che ho fatto con voi. Ho seguito le tracce di Rosalind. C'erano alcune guardie, di pattuglia, ma è stato facile non farsi notare da loro.»

«E come avrebbe fatto Rosalind a scappare, se tu non eri con lei?»

«Non lo so.» Avevo un'idea, in mente, ma dirla ad alta voce avrebbe dipinto Rosalind come una traditrice. Ed io, di certo, non lo ero: neanche le corde delle suore e le loro punizioni mi avevano mai fatta cedere a far la spia verso le ragazze.

«Sorrel—» ringhiò Thorsteinn.

«Ma cosa v'importa?» sbottai. «Avete già deciso che cosa è successo; avete detto persino agli Alpha che scappare era un mio programma sin dall'inizio. Pensate che sia stata io a fare tutto questo, proprio come tutti gli altri.»

«Abbiamo dovuto dirglielo—» cominciò Vik, ma Thorsteinn lo interruppe un'altra volta.

«Abbiamo detto ciò che serviva, per poterti salvare», raspò Thorsteinn.

«Avreste dovuto lasciarmi in pace!» dissi io, gli occhi fissi sul pavimento.

«Preferivi restare in balia del branco? Non ci sarebbe stata alcuna pietà per te, Sorrel. Noi siamo la tua unica speranza.»

Sbuffai, sentendo il mio cuore sprofondarmi nel petto. Era vero. L'intero branco mi odiava. Se le profetesse, mie amiche da sempre, avessero saputo ciò che avevo fatto a Rosalind, anche loro mi avrebbero odiata. Quei due guerrieri erano davvero tutto ciò che mi restava al mondo.

E persino loro mi avevano gettato in pasto ai lupi.

Vik e Thorsteinn rinunciarono a cavare altre parole da me e mi lasciarono lì, accucciata sul pavimento mentre loro riscaldavano la casa e preparavano il tutto. Quando il fumo prese a fuoriuscire dalla piccola fiamma che aveva preso vita, Thorsteinn si accovacciò vicino a me.

«Grazie a ciò che abbiamo detto agli Alpha, loro ti hanno lasciata nelle nostre mani. Sei stata affidata a noi… e adesso possiamo proteggerti.»

«Gli hai detto delle bugie», sussurrai io. «Hai detto loro delle cose orribili, su di me. Su di noi…»

«Per salvarti, Sorrel», insistette. «Non volevi dire una parola… dovevamo dire qualcosa noi, per salvarti la vita.» La sua voce si fece più dolce. «Se ci dici la verità, ti prometto che faremo tutto il possibile per sistemare le cose.»

Io lo fissai dritto in quegli occhi luccicanti e dorati.

Non è mai stata la nostra compagna.

Pensavo di dovere a quei guerrieri la mia vita e la mia sicurezza. Ma dopo tutto ciò che gli avevo dato, il mio cuore, la mia fiducia, la mia obbedienza… loro mi avevano rinnegata.

Non avrei mai più dato loro neanche un centimetro di

me. Non avrei mai più dato loro assolutamente nulla, di mia spontanea volontà.

* * *

Thorsteinn

THORSTEINN, *smettila,* disse Vik direttamente dentro la mia testa. *Non ci sta ascoltando. Più continui ad urlare, più lei si fa testarda.*

Io mi raddrizzai. Vik aveva ragione; Sorrel aveva cominciato a fissare un punto oltre la mia testa, la fronte aggrottata e le labbra strette tra di loro. L'immagine di una donna pronta a tenere la testa alta e a dare battaglia a tutti.

Per un attimo, un altro volto mi balenò di fronte agli occhi. Mi congelai sul posto mentre Vik mi superava.

«Sei non vuoi parlare, allora mangerai», ordinò. Quando Sorrel non fece alcuna mossa per obbedire, però, lui l'afferrò per il braccio e l'avvicinò al focolare.

Mi alzai, la fronte aggrottata per tutto e niente mentre Vik provava a convincere Sorrel a mangiare qualcosa. A malapena lei lo fece, e dopo averla aiutata a sciacquarsi viso e mani, la portò verso il letto.

La vidi addormentarsi coperta dalle pellicce, le sopracciglia ancora aggrottate anche quando le sue labbra smisero di stare in tensione.

Hai intenzione di restare fermo lì per tutta la notte?, mi chiese Vik. *Sorrel non è come Hildr.*

Lo so, risposi io. Cercai di scacciare via ogni pensiero su Hildr, ma non abbastanza in fretta per nascondere i miei ricordi da Vik.

E non condividerà il suo stesso destino, continuò.

«Non se posso evitarlo, no», risposi ad alta voce. Ai miei

31

piedi, Sorrel sussultò lievemente nel sonno. *Non permetterò loro di ucciderla.*

Non lo faranno. Ce ne assicureremo personalmente. Vik si sedette al mio fianco, unendosi a me nel contemplare la nostra compagna addormentata. *La reclameremo. Le insegneremo ad essere nostra.*

Andrò dagli Alpha per provare a cambiare loro idea. Stai di guardia, dissi a Vik. *Dimmelo subito, se si sveglia. Non la lasceremo mai da sola.*

Mai più, concordò Vik. Si avvicinò di più a lei, sedendosi al suo fianco, ed io lo fermai un attimo dov'era per poggiargli una mano sul braccio.

Non m'importa cosa diranno gli Alpha, Vik. Faremo ciò che dobbiamo.

Vik strinse la mia mano con la sua. *Sì, fratello. Io sono con te.*

Abbiamo aspettato troppo, per renderla nostra, continuai. *È arrivato il momento di farle capire. Sarà difficile, perché non si fida più di noi. Ma ci deve essere un modo. C'è di certo. Le daremo piacere quando obbedirà, e la puniremo quando deciderà di ribellarsi.*

Vik mi scoccò un sorrisetto. *È forte abbastanza per poter sopportare ogni punizione.*

Io annuii con la testa, dandogli una pacca sul braccio prima di lasciare la casetta. Vik stava ancora sorridendo, probabilmente intento ad immaginare tutte le possibili punizioni a cui avremmo potuto sottoporre la nostra compagna per insegnarle ad ubbidire. Per lui quella parte era soltanto un gioco, ma io sapevo bene come stavano le cose: quella era una questione di vita o di morte. Da quel momento in poi, sarei stato io a dettare le regole; lei le avrebbe seguite, oppure ne avrebbe affrontato le conseguenze. Non avrei permesso a nessun'altra persona a me cara di venire ferita.

* * *

Sorrel

SOTTO IL GIGANTESCO BALDACCHINO DI YGGDRASIL, io continuavo a scivolare in sogni che non erano sogni per niente, bensì ricordi. Ripensai alla prima volta in cui avevo visto Vik e Thorsteinn...

* * *

Prima

«*STATE INDIETRO» dissi io, forzando le parole fuori dalle mie labbra. Le dita si strinsero intorno al mio arco e alle mie frecce. Se le suore avessero scoperto che possedevo una simile arma, probabilmente mi avrebbero uccisa. Così avevo pensato bene di nasconderla insieme al resto delle mie cose all'interno della distilleria, dove le suore non mettevano mai piede perché non erano ammesse.*

L'abbazia era sotto attacco. Sotto il tavolo all'interno della distilleria, Fern ed una delle ragazze più piccole restavano nascoste. Un guerriero aveva deciso di darmi la caccia, un invasore dagli occhi scuri come il demonio e un'ascia e un lungo coltello tenuti fermi dalla cintura intorno alla sua vita. Alle spalle portava una pelliccia grigia. Alzò le mani, prive di armi.

«Non c'è motivo di avere paura, piccola guerriera» mi disse. Ai suoi piedi, una creatura gigante gli ronzava intorno, un enorme lupo bianco e grigio dagli occhi luminosi. Il guerriero mormorò qualcosa, e il lupo di fece avanti.

Io alzai subito l'arco verso di lui. «Ti sparo.»

Il guerriero ridacchiò, e poi accadde l'impossibile.

Il lupo si piegò in avanti e poi si trasformò. La sua schiena

33

andò allungandosi di fronte ai miei occhi, e sotto il mio sguardo vidi il suo intero corpo trasformarsi in qualcosa di diverso. Sentii i capelli voltarmi via dal volto, cullati da un vento che era impossibile fosse arrivato dentro quella stanza senza porte o finestre. No, era stato quel lupo a portarlo. E, d'un tratto, dove c'era il lupo si materializzò un uomo, un secondo guerriero muscoloso e semi nudo tranne che per una pelliccia sulle spalle e un perizoma a fasciargli le parti intime.

I colori della pelliccia erano gli stessi del manto del lupo che era appena scomparso.

Non poteva essere... non potevo aver assistito davvero ad una cosa del genere.

Quel guerriero che prima era stato un lupo allungò una mano e strappò le armi via dalle mie mani. Sussultai, ma prima ancora di poter capire cosa stesse succedendo mi ritrovai stretta tra le sue braccia, la mia schiena contro il suo petto. Scalciai e mi dimenai, provando a liberarmi, ma senza alcun risultato. Il guerriero mi teneva stretta con forza disumana.

«Presa» sentii la sua voce rimbombare contro il mio corpo, più simile al ringhio di un lupo che al tono di un essere umano. «È una guerriera.»

Spensi completamente il cervello e continuai a lottare per liberarmi, più forte che potessi. Spinsi e mi dimenai contro la stretta potente del mio rapitore, ma le sue braccia non si mossero di un millimetro. Mi portò via, oltre il primo guerriero, verso l'esterno dell'abbazia.

«Piano» cercò di farmi calmare il primo, tra le mani le mie armi e sul viso un sorrisetto divertito. «Stai calma, piccola guerriera. Le tue armi ce le ho io. Te le ridaremo e potrai usarle come vuoi, ma solo quando ti avremo portata in salvo.»

Cercai di ricordare tutte le imprecazioni che avessi mai sentito, e le tirai fuori dalle labbra ad una ad una, facendo scoppiare a ridere i miei due rapitori mentre salivano le scale, facendo spazio ad altri guerrieri che, invece, si stavano dirigendo giù. Il mio rapi-

tore mi strinse più forte tra le sue braccia, togliendomi il respiro, ed io lo maledissi, provando a liberarmi, a respirare di nuovo.

«Va tutto bene, piccola guerriera» disse ancora il primo tra i due, quello che avevo visto per primo. «Sei al sicuro con noi.» E, così, scattò verso la fine del corridoio e poi saltò oltre una finestra rotta. Il mio rapitore lo seguì immediatamente, atterrando con grazia disumana oltre essa prima di prendere a correre a perdifiato verso la foresta insieme al suo compagno, immergendoci nel buio più totale della notte.

Non saprei dire quanto tempo passammo a correre, o dove fossimo diretti. Sentii i rami degli alberi ferirmi la pelle del corpo, ma per la maggior parte, i corpi dei due guerrieri mi fecero da scudo. Corsero in su e in giù, intorno a massi coperti di licheni, oltre i ruscelli. Il mio intero corpo si congelò dal freddo. Quanto avrei voluto poter avere indosso un paio di pantaloni, o un paio di stivali, invece di quella camicetta da notte che portavo al loro posto. Erano stati lì, dentro la distilleria, insieme a tutte le cose che tenevo nascoste dalla vista delle suore. Ma nella confusione dell'attacco, avevo dimenticato di cambiarmi in abiti da guerriera. Ero stata troppo occupata a combattere, a difendere me e le mie sorelle.

Quando i miei rapitori si fermarono su una collina rischiarata dalla luce della Luna, io tornai a pensare a tutte le altre mie sorelle sicuramente ormai fatte prigioniere. Dove ci stavano portando quei guerrieri? Ci avevo prese soltanto per ucciderci? Oppure per renderci delle schiave?

«Ecco.» Avevo ormai perso le speranze quando il guerriero, alla fine, mi riportò sui miei due piedi. Sarei caduta per terra, troppo scossa, se lui non mi avesse tenuta ferma fino a quando non ebbi ritrovato l'equilibrio. Lo spinsi via, indietreggiando.

«Attenta. Altrimenti fai diventare l'acqua una pozzanghera.» Ancora una volta sentii quel tono divertito.

I miei piedi s'immersero in un flusso d'acqua, un ruscello che sgorgava su un tappeto di foglie morte. Mi bloccai sul posto, chie-

dendomi silenziosamente se sarei riuscita ad arrivare da qualche parte se avessi provato a scappare in quel momento.

Il primo guerriero si materializzò di fronte a me. «Ci accamperemo qui. Bevi un po' d'acqua mentre accendiamo il fuoco. Se provi a scappare, ti leghiamo mani e piedi.»

Io alzai lo sguardo su di lui. La luce della Luna ammorbidiva le linee dure del suo viso.

Tremai.

Il guerriero si spostò più vicino a me, alzando un braccio, ed io trasalii di colpo; ma lui si limitò soltanto ad accarezzarmi i capelli, tirandoli indietro.

Poi lasciò cadere una pelliccia sulle mie spalle, stringendomela forte intorno al corpo prima che io ne afferrassi i lembi e la tenessi da me, lasciando che il calore del suo corpo mi riscaldasse la pelle congelata.

Mi accovacciai per terra, e bevvi.

Poi, quando lui si voltò a parlare con il suo compagno e smise di guardarmi, io mi alzai in piedi e corsi dentro i cespugli, arrancando dentro essi per fuggire via da loro.

* * *

Scalciai le gambe in aria con tutte le forze che mi erano rimaste mentre il guerriero dai capelli lunghi mi riportava nella radura dalla quale ero scappata.

Mi aveva trovata in fretta; mi aveva lasciata a zigzagare tra gli alberi, e quando avevo finalmente realizzato che era stata tutta una presa in giro, che l'intento era quello di farmi stancare fino a gettarmi sull'erba, senza fiato, era ormai stato troppo tardi. Lui mi aveva presa di forza e mi aveva riportata da dov'ero venuta troppo in fretta perché io riuscissi a capirci qualcosa.

Quei guerrieri si muovevano con una grazia e una velocità che io non avevo mai visto. Erano forti, molto più forti di me e decisamente più forti degli uomini normali. Ero stata una stupida a credere che avrei potuto combattere contro di loro e sconfiggerli. Eppure, anche saperlo non avrebbe fatto alcuna differenza; piuttosto che sottomettermi e fare come dicevano loro, avrei preferito la morte. Sempre.

La luce del fuoco si fece strada intorno ai cespugli mentre una forma scura sembrava muoversi tra di noi. Il guerriero barbuto si era occupato di accendere il fuoco mentre l'altro mi recuperava. Strinsi le dita intorno alla sua giacca di pelle, sentendo le lacrime pizzicarmi gli occhi all'impotenza che sentivo dentro.

Il mio rapitore si accovacciò vicino al fuoco, facendomi scivolare via dalla sua spalla e afferrandomi le caviglie per legarle con una corda prima ancora che potessi pensare di scalciare per liberarmi.

«Ecco qua.» Mi lasciò seduta lì, il viso rivolto verso le fiamme. Restai ferma e sconvolta per un momento, le mie natiche poggiate sopra un manto morbido. Mi aveva fatta sedere su una pelliccia di lupo.

«Abbiamo una guerriera, qui», annunciò al suo compagno il guerriero che mi aveva catturata di nuovo.

«Lo vedo», rispose l'altro dal suo posto su una delle rocce vicino al fuoco. Mi scoccò un sorrisetto, mostrandomi le zanne bianche, e prese ad accarezzarsi la barba. «È selvaggia.»

Il guerriero che mi aveva legata tornò da me, spingendomi indietro i capelli. Provai a scostarmi dal suo tocco, alzandomi di scatto. Lui non sembrò per niente intimidito dallo sguardo di fuoco che gli scoccai, e perché avrebbe dovuto? Invece, continuò a studiare, il viso inclinato di lato. «Come ti chiami, piccola guerriera?»

Strinsi le labbra insieme, rifiutando di rispondere. Con un sospiro divertito, il mio interrogatore si alzò in piedi e si allontanò da me.

Quello sempre sorridente prese subito il suo posto. «Andiamo» disse, allungando il braccio per attorcigliare un dito intorno ad una ciocca dei miei capelli. La mia mano scattò prima che lui potesse

*fare alcunché, però, dando uno schiaffo alla sua per farlo allonta-
nare. Poi mi bloccai, congelandomi sul posto, aspettando che il lupo
attaccasse. Non potevo combattere contro di loro; se avessero voluto
spezzarmi il collo, avrebbero potuto farlo senza neanche pensarci
due volte. Strinsi gli occhi con forza, aspettando che il colpo
arrivasse.*

*Ma il guerriero barbuto non reagì. Invece, gettò la testa indie-
tro, e scoppiò a ridere.*

«Aspetta che ti morda. Poi vediamo quanto ridi» disse il primo.

*«Non credo proprio che lo farà.» Il guerriero di fronte a me
afferrò le mie mani prima che io potessi anche solo prevedere la sua
prossima mossa. Poi le legò insieme con una corda.*

*«Ecco qua» disse, poi si accovacciò di fronte a me. Io gli scoccai
uno sguardo di fuoco. Avrei potuto scansarmi da lui e provare a
dargli un calcio, ma a che pro? La disperazione mi attanagliò lo
stomaco, minacciando di prendere il sopravvento.*

*Il guerriero dai capelli lunghi richiamò la mia attenzione da
oltre il fuoco. «Preferiremmo non doverti legare. Ma se sei così
decisa a continuare a combattere contro di noi...» disse, scrollando
le spalle.*

*«Non c'è motivo di andarci contro, piccola guerriera. Noi siamo
dalla tua parte» disse quello più vicino a me, ammiccando.*

*Io scossi la testa, guardandolo. Che cosa voleva dire? Le sue
parole non avevano alcun senso.*

*«Quello è Thorsteinn» disse, pronunciando quel nome in un
accento che io non avevo mai sentito prima. «Ed io sono Vik. Noi
scopriremo il tuo nome solo quando tu ti sentirai pronta a dircelo.
Fino ad allora, ti chiameremo 'ragazza scudo'.»*

*Io restai a fissarlo. Si stava prendendo gioco di me? La cosa mi
risultò in qualche modo peggiore dell'idea che loro potessero
provare a farmi del male.*

*Lo vidi cercare all'interno della sua sacca. Quando tirò fuori la
mano, mi porse un pezzo di carne essiccata.*

«Tieni; mangia.»

Io esitai, e lui fece ancora una volta cenno con la mano. «Mangia. Avrai bisogno di forze, se hai intenzione di continuare ad andarci contro.»

Allungai la mano, staccandogli il pezzo di carne dalle dita ed infilandolo in bocca, e lui scoppiò a ridere. Ne cercò un altro pezzo dentro la sacca, portandolo vicino alle mie labbra. Quella volta masticai lentamente, guardandomi intorno alla radura in cui eravamo. Il guerriero non ci provò neanche, a nascondere lo sguardo che mi faceva scivolare addosso. La sua mano grande mi cinse d'improvviso la caviglia; io provai a liberarmi, ma lui la strinse con più forza e disse: «Stai sanguinando. Dobbiamo prenderci cura di te in modo migliore.»

L'altro guerriero, Thorsteinn, si avvicinò a noi. Strappò un pezzo di stoffa dalla sua giacca e, bagnandolo con l'acqua del torrente, lo utilizzò per pulirmi le ferite sulle gambe mentre Vik mi teneva ferma. Io, alla fine, smisi di lottare. Vik mi offrì ancora un altro po' di carne; una sorta di premio per essermi sottomessa a quelle loro cure.

Quando Thorsteinn ebbe finito, la sua mano mi strinse il ginocchio e i suoi occhi si spinsero con forza dentro i miei, come fosse imperativo che io capissi ciò che stava per dirmi.

«Da adesso in poi, non si scappa più. Ti proteggeremo noi.»

Io sbuffai e scostai lo sguardo, ritrovandomi a guardare negli occhi di Vik.

Lui mi scoccò un altro sorrisetto. «Imparerai a fidarti di noi.»

NON POTEVO FIDARMI DI LORO. Come avrei potuto? Mi avevano portata via dalla mia casa. Una casa che odiavo, certo; ma l'unica che avessi mai avuto e conosciuto.

Silenziosamente, continuai ad attuare un piano per poter scappare. Strappai metà parte inferiore della mia camicia da notte e tagliandola in strisce, usando poi una corda per legarle

39

intorno alle mie gambe. I guerrieri studiarono i miei movimenti, ma non dissero nulla di quelle braghe improvvisate che stavo creando.

Quando mi svegliai di nuovo, un paio di stivali e degli abiti nuovi mi aspettavano per terra vicino al mio corpo. Non erano vestiti, ma una giacca e un paio di pantaloni lunghi. All'inizio restai a guardarli così, incredula. Le fate erano arrivate di notte per portarmi ciò che avevo desiderato di più?

Infilai rapidamente i pantaloni sotto la camicia da notte, accovacciandomi per vestirmi senza che i guerrieri potessero vedere neanche un centimetro del mio corpo. Quando ebbi finito, non riuscii neanche a riconoscermi.

«Ragazza scudo», disse Vik.

Thorsteinn attraversò il campo, guardandomi dall'alto al basso, ma senza toccarmi. Alla fine si limitò a porgermi il mio arco e le mie frecce. «Come promesso» disse, con voce grave. Io sbattei le palpebre. Aveva detto che me li avrebbe restituiti, sì; ma dopo aver provato a colpirlo, dentro l'abbazia, non avevo davvero creduto alle sue parole. «Usa queste armi per difenderti.»

«Da voi?» fui abbastanza coraggiosa da chiedere. Vik ridacchiò; Thorsteinn, invece, mi guardò per un momento. Poi portò una mano dietro il mio collo, e avvicinò la sua fronte alla mia.

«Sparaci, e non potrai più impugnare un'arma.»

Io annuii. Cos'altro avrei potuto fare, in ogni caso?

Ma stando lì, accanto a loro, con addosso vestiti da guerriera e le mie armi tra le mani come fossi loro eguale... non mi venne neanche così tanto difficili, accettare.

CON IL TEMPO, *i guerrieri mi spiegarono il motivo del loro arrivo in abbazia.*

«C'è uno stregone, in queste terre, che si nutre della magia delle profetesse», mi disse Thorsteinn. «Era in viaggio, in arrivo verso

l'abbazia per prendere te e le altre profetesse che vivevano all'interno di essa.»

Io dovetti avere un'espressione confusa in viso, perché Vik ridacchiò leggermente prima di prendere a spiegare. «Una profetessa è una donna dotata di magia.» Mi tirò leggermente una ciocca di capelli, ridacchiando ancora una volta quando io scacciai via la sua mano.

«Come... una strega?» chiesi. Il frate aveva sempre detto tante cose, contro le streghe.

«No. Un tipo di magia diversa», disse Vik.

Fu Thorsteinn a continuare. «Lo stregone ha passato la sua vita a sposare tantissime donne con questi poteri, accrescendo il suo fino a diventare pericoloso. Riuscì a fermarlo soltanto una delle sue ultime mogli, insorgendo contro di lui e imprigionandolo per mille, lunghi anni. Ma adesso la sua magia è venuta meno, e lui è riuscito a tornare.»

«Noi lo chiamiamo il Re dei Morti», disse Vik. Entrambi i guerrieri sembravano turbati, e vidi le loro mani volare immediatamente alle loro armi, come per assicurarsi di averle pronte ad essere utilizzate. «Ha il potere di richiamare a sé i morti, rendendoli suoi schiavi.»

«I Draugr. È così che si chiamano i suoi servitori», aggiunse Thorsteinn.

Io rabbrividii, ma dentro di me pensai comunque che Vik e Thorsteinn stessero esagerando; che stessero facendo ciò che fanno sempre gli uomini: dipingere il loro nemico come la forza peggiore che qualcuno avesse mai visto o affrontato. Ma anche se fosse stato vero, io avevo fiducia in quei guerrieri. Forse non avrei fidarmi di coloro che mi avevano rapita da casa mia, ma c'era qualcosa, in loro, che mi faceva sentire al sicuro. Mi era chiaro che sarebbero stati in grado di affrontare qualsiasi cosa, persino un'armata di non-morti—non che potessero essere reali. Non era vero, mi dissi. Era soltanto una storia.

Il giorno dopo, però, incappammo in un gruppo di Draugr. Una

41

nebbia fetida prese a riempire d'improvviso le colline, soffocandoci e privandoci della capacità di vedere bene.

«Scappa!» ordinò Thorsteinn, ed io lo feci. Insieme corremmo attraverso la nebbia puzzolente; per un momento parve schiarirsi un po', abbastanza perché potessimo scalare la collina, nasconderci dietro le rocce e sbirciare oltre l'altura.

«Lì.» Vik indicò con il dito verso un fiume di corpi grigi in movimento, carichi di scudi e lance. A distanza, i Draugr sembravano uomini normali. Ma più andavano avvicinandosi, più riuscivo a vedere le loro facce decadenti, la pelle in decomposizione.

Sussultando, cercai di scappare via da lì per non farmi vedere.

«Non possono vederci» mi disse però Thorsteinn, afferrandomi per tenermi ferma. «Ma possono percepirci. È la tua magia a richiamarli.»

Io aggrottai la fronte, gli occhi sul suo petto. Non avevo mai pensato di avere della magia. Di peccati ne avevo commessi parecchi, ma tra quelli, l'essere una strega non c'era.

«Guardate» disse Vik, facendo cenno alla nebbia che strisciava lungo la collina dietro di noi. «Non sono da soli.»

Thorsteinn imprecò.

Mi sentii pervadere la pelle dai brividi. Lo stomaco si contorse, diventando pietra. «Siamo in trappola.»

«No. Non ancora.» Thorsteinn mi tirò su, spingendomi in avanti. Lentamente, ci insinuammo lungo la collina.

«Fai ciò che ti dico, quando te lo dico. Non un momento prima, né uno dopo», mi sussurrò il grande guerriero all'orecchio. Io annuii.

Ci intrufolammo tra le linee nemiche, nascondendoci dietro cumoli di roccia, strisciando tra gli alberi. Quando la nebbia si fece più fitta, Thorsteinn mi guidò con tocchi lievi, il suo respiro tra i miei capelli mentre avanzavamo lungo il crinale.

Alla fine, la nebbia sembrò diradarsi. Il rumore dei passi dei Draugr restò un'eco lontana. Eravamo riusciti a superarli. Mi era capitato spesso di andare in giro per l'abbazia in maniera furtiva, ma mai per salvarmi la vita, con qualcuno di così pericoloso alle calcagna. Nonostante il pericolo appena corso, sentivo i miei nervi pompare di vittoria.

Poi, però, commisi un errore: mi guardai indietro, vedendo un'enorme bestia dagli occhi dorati incombere su di me, il pelo lungo il corpo gigantesco. La sua faccia era allungata, il pelo nero come quello di un lupo, ma in piedi su due zampe come fosse un umano. Una delle sue mani teneva un'ascia; dall'altra, invece, riuscii a vedere i lunghi artigli che si allungavano dalle sue dita.

Aprii la bocca, ma dalle mie labbra non uscì alcunché. Ogni singolo istinto, dentro di me, mi urlava di scappare via.

«Calma—» sentii la voce del mostro rombare; era la voce di Thorsteinn.

Mi lanciai fuori dal sentiero; la collida era ripida, e senza neanche rendermene conto, caddi. Provai con tutte le mie forze a rallentare la mia discesa veloce, agitandomi mentre rotolavo. Fu una roccia ad interrompere la mia caduta; ci sbattei contro, la mia gamba ad incastrarsi in una fessura che non avevo visto. Quando tirai, cercando di scappare, sentii qualcosa dentro la mia gamba spezzarsi, ed io gridai a pieni polmoni.

Una zampa mi coprì la bocca, attutendo le mie urla.

«Calma, piccolina, sono io. Sono solo io.»

Il dolore riempì tutto il mio mondo di chiazze rosse e ardenti, i denti del Diavolo stretti intorno alla pelle della mia gamba. Mi dimenai, e braccia gigantesche scivolarono intorno a me, stringendomi forte.

Il terrore prese immediatamente il posto del dolore: presi a tremare di fronte a quel predatore dall'aspetto mostruoso. Quella cosa che mi stava dietro era per metà lupo, e per metà uomo. Non era reale. Non poteva essere reale.

Un'altra bestia si inginocchiò di fronte a me. Indosso aveva i pantaloni larghi di Vik, la cintura con l'ascia, i coltelli e la sua spada corta intorno alla vita. Ma il suo corpo era coperto di pelo grigio di lupo, con una macchia bianca sul muso.

43

«*Tienila ferma*», *ringhiò la creatura, con la voce di Vik. Io sussultai terrorizzata, ma il corpo duro dietro di me mi tenne completamente ferma.*

Il mostro nero mi tenne stretta mentre quello grigio faceva a pezzi le rocce con gli artigli. La nebbia s'infittiva sempre di più intorno a noi, riempiendomi le narici del puzzo tremendo dei cadaveri in decomposizione. Trattenni a stento un conato di vomito, stringendo il naso sulla mano pelosa del mostro dietro di me, che mi strinse più forte contro il suo corpo.

«*Calma, stai ferma*» *mi cullò la voce di Thorsteinn.* «*Manca poco, e Vik ti avrà liberata.*»

Con il viso sepolto sulla pelliccia spessa, presi grandi boccate di quel profumo ricco e buono. Pelle, terra, pino e un odore fresco come quello che riempie l'aria dopo la tempesta. Sentii l'altra zampa poggiarsi dietro il mio collo. Io alzai lo sguardo, e incontrai lo sguardo grigio di Thorsteinn.

«*Com'è possibile?*», *respirai.*

Il viso della Bestia si contorse in una smorfia di rimorso che aveva un aspetto completamente umano. «*Perdonaci, piccolina. Avremmo dovuto dirtelo prima.*»

Un'altra ondata di nebbia ci investì completamente, densa e oleosa. Mi strinsi con forza contro il mostro, ascoltando il tonfo lento e costante dei soldati non-morti che marciavano verso di noi. «*Si stanno avvicinando*» *sussurrai, tremando.*

«*Non aver paura*» *mi tranquillizzò Thorsteinn. Poi si girò a guardare Vik.* «*Sbrigati.*»

Con un ultimo grugnito, Vik ruppe le rocce che tenevano incatenata la mia gamba, e Thorsteinn mi tirò via. Guardai in basso, e quasi svenni: i miei pantaloni erano strappati, e la stoffa era impregnata di rosso. Sotto tutto quel rosso vidi un lampo di avorio, simile al colore delle ossa. Nel momento stesso in cui lo vidi, mi sentii morire. Strinsi con forza i denti, provando con tutte le mie forze a non urlare. Le suore mi avevano colpita ripetutamente e io non avevo mai neanche lasciato andare un gemito; avrei fatto la stessa identica cosa anche in quel momento.

«Rotto», confermò Vik con tristezza. «Posso sistemarlo, ma...» Sentii la sua mano poggiarsi sulla mia gamba, e avrei voluto tanto pregarlo di non toccarmi, ma non avevo più aria nei polmoni neanche per respirare.

«Non c'è tempo», ringhiò Thorsteinn. I passi dei non-morti si erano fatti più vicini.

Piagnucolai tra le braccia di Thorsteinn mentre lui mi tirava su dal terreno. I suoi occhi dorati mi facevano meno paura, ormai. Quello dietro di me era Thorsteinn. Il mio corpo lo riconosceva, si sentiva attratto da lui come sempre, in un modo che non ero in grado di spiegare.

«Perdonaci, piccolina. Non abbiamo più tempo.» Mi scostò i capelli dal collo, liberandolo prima di tirare indietro la testa e uscire fuori i denti. Prima ancora che potessi gridare, li sentii affondare dentro la mia carne, profondamente, nel punto in cui la spalla incontra il collo. Sentii il fuoco prendermi da capo a piedi mentre Thorsteinn mi mordeva. La sua mano sulla bocca attutì il mio urlo.

Allo stesso tempo e allo stesso identico modo, Vik mi scostò i capelli dal lato sinistro e affondò i suoi denti lì, nel punto gemello in cui il suo compagno stava lacerando la mia carne dall'altro lato. Mi sentii attraversare da qualcosa di feroce, ma fu un lampo; qualcosa di effimero e veloce, immediatamente sostituito da una sensazione totalmente diversa. Una sensazione forte e meravigliosa, che spazzò via il dolore.

«Ecco» disse Thorsteinn, alzando le zanne dal mio collo, coperte del mio sangue. Io svenni.

* * *

MI SVEGLIAI, sbattendo le palpebre, confusa. Braccia forti mi cingevano il corpo.

45

«Thorsteinn?» mormorai. «Dove siamo?»

«Al sicuro. In alto, su un albero.» Thorsteinn sedeva sull'incavo di un ramo gigante. Le mie gambe penzolavano da oltre il suo grembo, i miei piedi a mezz'aria. Molto più in basso di noi, riuscivo a vedere la nebbia vorticare dentro la foresta. «Qui su non può toccarci niente e nessuno.» Rabbrividii, e lui mi accarezzò dietro il collo, cullandomi. «Come va la tua gamba?»

Con quelle parole, nella mia testa ritornò tutto quanto: la nebbia, la corsa lungo la collina, i mostri che mi ero ritrovata attorno, che non erano altro che Thorsteinn e Vik. La mia gamba che si rompeva, le loro zanne che trafiggevano entrambi i lati del mio collo.

Con un sussulto, portai una mano sui morsi: il dolore non c'era più. La pelle non era rotta, non c'era sangue... non c'era nulla.

«C'è ancora il segno», mi fece sapere Thorsteinn, come se riuscisse a sentire i miei pensieri. Sembrava divertito. «Ma sei guarita. Ha funzionato.»

«Come?» chiesi, la bocca ancora aperta mentre mi toccavo la gamba. I pantaloni erano ancora strappati.

«È così che funziona il legame, piccolina.»

Lo sentii, allora, uno strano calore mieloso intento a scorrermi nelle vene. Due corde forti e resistenti: una di Thorsteinn; l'altra di Vik.

«Cos'è questa cosa che sento?» sussurrai.

«Il marchio. Ti abbiamo marchiata, reclamata. Sei nostra, adesso.» Mi strinse di più contro di se, le sue labbra a curvarsi in un sorrisetto raro. «Appartieni a noi. Non si scappa più, adesso.»

Fissai quegli occhi grigio tempesta. Avrei tanto voluto chiedere loro cosa avevano fatto. Non ne avevo capito nulla; sapevo soltanto che era stata la magia a legarci insieme, la stessa magia che era riuscita a guarirmi. Quando aprii la bocca per parlare, dalle mie labbra non uscì neanche una singola protesta.

«Mi avete salvato la vita.»

Thorsteinn mantenne gli occhi incatenati ai miei. «Sì.»

Oltre noi, su un altro ramo, Vik sedeva con in mano un coltello che stava affilando. Lo poggiò un attimo sulla sua gamba, facendomi un gesto con la mano per salutarmi. Io ricambiai, ancora meravigliata da tutta quella situazione.

Non li conoscevo neanche, quei guerrieri. Non riuscivo a capire chi fosse quel loro nemico, il Re dei Morti, e cosa volesse esattamente. Perché avesse deciso di prendere di mira proprio l'abbazia in cui vivevo. Non riuscivo ad immaginare il futuro che mi aspettava con loro, e non riuscivo a capire perché, tra tutte le ragazze lì dentro, loro avessero scelto proprio me.

Strinsi tra le mani la pelle della mia gamba, lì dove avevo visto l'osso uscire, sorprendendomi ancora una volta. La magia mi aveva guarita totalmente, non lasciando neanche un segno. Dentro le mie vene, sentii il legame stringere con forza.

«Mi avete chiesto come mi chiamassi, una volta» dissi, deglutendo. «Volete ancora saperlo?»

Vidi le sopracciglia di Thorsteinn incurvarsi come per dire, Certo che sì.

«Sorrel», dissi allora, seduta in alto su quei rami, i piedi ad ondeggiare nel vuoto. «Il mio nome è Sorrel.»

* * *

Ora

«Sorrel. Sorrel.»

Mi svegliai con due paia di occhi su di me. Mi sedetti, riprendendo conoscenza piano piano, ricordando dove mi trovassi. Ogni singola cosa che era successa—tutti i bei momenti che avevo passato con loro—in quel momento sembravano non avere più alcuna importanza, di fronte ai miei peccati.

«È fatta.»

47

Passai gli occhi da uno all'altro mentre Vik mi spiegava. «Gli Alpha hanno raggiunto una decisione. Sei stata dichiarata colpevole di aver fatto del male a Rosalind.»

Strinsi con forza la pelliccia sotto il mio corpo tra le dita.

«Vuoi sapere qual è la tua sentenza?»

Io non risposi; non c'era motivo: sapevo già la risposta, e in ogni caso, me lo avrebbero detto comunque.

Proprio come pensavo, Vik si avvicinò a me. «La punizione per chi fa male ad una sacerdotessa è la morte.»

Così mi era già stato detto.

«Ma visto che sei una sacerdotessa anche tu, gli Alpha hanno concluso che questa è una situazione diversa. Unica.» La sua mano mi accarezzò i capelli. «Hanno anche tenuto in considerazione il fatto che abbiamo provato e fallito nel creare un legame.»

Trasalii, distogliendo lo sguardo. Non avevo bisogno che mi ricordassero di essere stata usata e poi messa da parte.

Mani gentili si poggiarono sulle mie spalle, proprio sulle cicatrici fantasma dei morsi che mi avevano dato quella che sembrava ormai una vita fa. «Sorrel… Lo so che non sembra, ma questa è una buona cosa. Se non c'è un legame, allora c'è ancora la possibilità di redimerti.» La sua mano grande e tatuata si fermò proprio sulle mie spalle, sopra i morsi. «Di reclamarti davvero.»

Io trattenni il respiro. Stava dicendo ciò che pensavo lui stesse dicendo?

«Sorrel… guardami», ordinò Thorsteinn, e aspettò che io alzassi gli occhi sui suoi, per parlare di nuovo. «Ci hanno dato un'altra possibilità. Abbiamo una sola Luna per reclamarti e renderti la nostra compagna.»

Mi accigliai, e aggrottai la fronte.

«Gli Alpha ti hanno risparmiato la vita», mi disse Vik. «La storia che abbiamo raccontato loro ha sortito l'effetto sperato.»

Thorsteinn si inginocchiò di fronte a me, avvicinandosi così tanto da rendere il suo viso serio e severo l'unica cosa che potessi vedere.

«Sei selvaggia, e disobbediente. Una minaccia per te e per tutti gli altri. Per salvarti la vita dobbiamo provare di essere legati; di averti sottomessa completamente a noi.» La sua voce era un ringhio basso e gutturale.

Mi leccai le labbra, e li sfidai. «E che succede, se fallite?»

Thorsteinn ringhiò un'altra volta.

«Non falliremo» disse Vik. «Sorrel, in un modo o nell'altro, noi riusciremo a domarti.»

CAPITOLO 2

ik

«No», disse lei, alzando la testa con fare orgoglioso. «Potete anche provarci, ma non riuscirete mai a domarmi.»

«Questo lo credi tu», ringhiò Thorsteinn, ed io gli poggiai immediatamente una mano sul braccio.

«Vuoi davvero incontrare la tua morte così presto? Hai attaccato un'altra profetessa. Adesso giace addormentata, sull'orlo della morte, e il branco intero vuole vederti versare sangue. Se non ti sottometti a noi, Sorrel, la tua vita è perduta.» Feci un cenno verso la porta della casa. «Persino in questo momento ci sono guerrieri, qui fuori, ad aggirarsi per la montagna. Se dovessero trovarti completamente da sola, lontana da noi e dalla nostra protezione, ti spezzerebbero il collo senza neanche esitare un secondo.»

«Che vengano!» rispose lei con forza. «Li combatterei.»

«E moriresti», disse Thorsteinn.

51

«Sorrel» la chiamai, cercando di ragionare con lei, ma Thorsteinn fece un cenno con la mano.

«Basta così. È inutile continuare a discutere con te. Ti sottometterai a noi. Ti insegneremo ad obbedire. Se non lo farai, allora non ti piaceranno, le conseguenze.»

«Potete fare quello che volete», sibilò lei. «Io non mi sottometterò mai a voi.»

Mi accovacciai vicino a lei e afferrai una ciocca dei suoi capelli, giocandoci piano. «Neanche se ci assicuriamo di rendere le ricompense più belle delle punizioni?» Le accarezzai una spalla, e i suoi occhi scesero immediatamente giù; le sue guance si colorarono di rosso. *Ah, sì.* Era ancora influenzata da noi. «Te lo ricordi» dissi, la mia voce più bassa, profonda. «Abbiamo condiviso un legame.»

«Un legame?» Sorrel scostò subito la spalla. «Non è questo, quello che avete detto agli Alpha.»

«Te l'abbiamo già spiegato perché lo abbiamo detto. L'abbiamo fatto per salvarti la vita. Per darti una possibilità.»

«Io non vi voglio più.» Sorrel strinse le braccia al petto. «Avete preso in considerazione questa possibilità?»

«Adesso basta», disse Thorsteinn. «Non ti fidi di noi, va bene. Ma lo farai, con il tempo.»

Sorrel deglutì, abbassando la testa così tanto che i suoi capelli, corti com'erano, finirono per coprirle il viso.

Pensi che sia questo il modo giusto?, chiesi a Thorsteinn.

Lui alzò il mento in alto. *Tieni duro.* «Stanotte cominciamo. Per prima cosa ti puniremo per averci lasciato. Per esserti messa in pericolo.»

«Molto bene», mormorò lei.

Io inarcai un sopracciglio. Davvero era stato così semplice?

«Volete punirmi? D'accordo.» Sorrel si alzò, e in un singolo movimento si liberò della giacca. «Mostratemi il vostro peggio.»

52

Soffocai una risata. Ancora così incredibilmente testarda e provocatoria. La stessa identica Sorrel di cui ci eravamo innamorati sin dall'inizio.

Ma quando si girò per darci le spalle, la risata mi morì in gola. In un attimo mi ritrovai dall'altro capo della stanza, dov'era lei, a toccare in punta di dita le cicatrici sulla sua schiena, linee lunghe e bianche in quella pelle bronzea. «Chi è stato a farti questo?»

Sorrel si girò di scatto, mettendo la giacca tra di noi come fosse uno scudo.

«Avete appena detto che desiderate punirmi.» Il suo mento si alzò in alto. «Che importa se qualcun altro l'ha già fatto?»

«Rispondimi» ringhiai. Le divaricai le braccia. Poi l'afferrai per le spalle, e la feci girare di nuovo. «Se uno del branco ti ha fatto del male, io—»

«Le suore!» urlò allora lei. «Sono state le suore a farmi del male. Quand'eravamo ancora in abbazia.»

«Perché?» chiesi, facendo scivolare la mano lungo tutta la sua schiena, accarezzando ogni singola, vecchia cicatrice. Com'era possibile che non le avessi mai viste?

Perché si è sempre nascosta da noi. Sempre, mi ricordò Thorsteinn. *E noi glielo abbiamo permesso. Ha subìto traumi dal Re dei Morti e da noi stessi, quando abbiamo forzato il legame. Abbiamo pensato di avere il tempo di addolcirla e di portarla ad aprirsi con noi. Ma poi il tempo a nostra disposizione è finito.*

Abbiamo commesso un errore, fratello. Non avremmo mai dovuto lasciare la montagna, gli dissi, il rimorso a riempirmi la voce, la mente, la gola, strozzandomi. *Non avremmo mai dovuto accettare quell'incarico. Avremmo dovuto restare qui, con lei, assicurarci della forza del legame. Se abbiamo perso la nostra occasione—*

Non è troppo tardi, insistette Thorsteinn, la voce dura e sicura. Io non potevo dirmi altrettanto convinto.

53

«Non le ho mai viste, queste cicatrici» dissi a Sorrel, le mie dita ancora impegnate a tracciarne le linee. «Le hai nascoste bene.»

Sempre a lavarsi lontana da noi. Sempre a spogliarsi lontana dai nostri occhi. Avevamo creduto che fosse stato per timidezza; le avevamo dato la possibilità di nascondersi, per non farla sentire a disagio.

E non ci eravamo accorti di niente.

La sentii tremare sotto il mio tocco, ma non provò neanche a fare un passo per allontanarsi da me.

«Perché le suore avrebbero dovuto punirti?» chiesi ancora.

«Perché non volevo sottomettermi.» Fece uno sbuffo lieve. «Come vedete, non sono mai stata buona e ubbidiente. Seguire le regole non mi ha mai portato niente di buono. L'unica cosa che posso fare è fare di testa mia.»

Le mie dita salirono su, piano, stringendole il mento. «Tu ci obbedirai» le promisi, abbassandomi per incontrare il suo sguardo rabbioso. «E scoprirai anche che ti piace, obbedire.»

Sorrel si staccò dal mio tocco. «Non mi piacerà mai» sentenziò, allontanandosi, e per quella volta io glielo permisi.

«Te lo prometto, invece. Ti faremo pure inginocchiare al nostro cospetto, Sorrel, ma ti prometto che ne trarrai piacere.»

«Non ti credo.»

«Non hai bisogno di crederci. Lo vedrai da te», disse Thorsteinn.

«Punizione seria e giusta», continuai puoi io. «Ma niente che possa farti del male. Solo abbastanza da insegnarti chi è il tuo padrone.»

«Voi non siete i miei padroni», sibilò lei.

«Ma invece lo siamo.» Thorsteinn avanzò verso di lei a grandi passi, facendola avvicinare di più al mio petto. Quella sua postura rigida sembrò vacillare. Fu quella, e il suo odore, un cambio lieve ma certo—una piccola eistazione. Il desiderio dentro di lei di lasciarsi andare.

«Hai fatto così tanta strada, Sorrel» le dissi allora, mantenendo il tono di voce morbido. «Non c'è più bisogno di scappare. Non c'è bisogno di combattere.»

«Noi ti proteggeremo con la nostra stessa vita, piccolina.» Dal modo in cui Thorsteinn riusciva a torreggiare su di lei, sarebbe risultato ridicolo anche solo pensare che una ragazzina così piccola potesse farci perdere la testa, rivoltarci dall'interno come fossimo nient'altro che calzini al suo cospetto. Eppure lo aveva fatto.

«Io non ho bisogno della vostra protezione» disse lei, stringendosi la vita con le braccia.

«No? Ma noi siamo tutto ciò che si frappone tra te e un branco di lupi arrabbiati.» Thorsteinn incrociò le braccia al petto. «Chiedono la tua vita. Preferisci allora che ti consegniamo a loro?»

«No» risposi io, prima ancora che lei potesse dire una parola. La avvicinai a me. «Non permetteremo mai a nessuno di loro di toccarti. Mai. Ti proteggeremo con tutto ciò che abbiamo, così che niente potrà mai più farti del male.»

Vidi un'ondata di emozioni dipingersi sul suo viso, ed immediatamente le afferrai il mento, prima che potesse nascondersi da me.

«Arrenditi a noi, Sorrel. Ti prometto che ne varrà la pena. E adesso vieni» dissi, dando una pacca sul mio ginocchio. Thorsteinn ed io avevamo concordato che sarei stato io, a punirla per primo, perché tra i due ero quello più calmo riguardo alla sua tentata fuga. Thorsteinn era rimasto sorpreso dalla cosa; io no: le donne se ne vanno sempre.

«Sulle mie gambe» ordinai, cancellando ogni emozione dal mio viso.

L'incertezza tremolò sul suo viso. Confusione. Rabbia. Testardaggine. Non si sarebbe piegata così tanto facilmente al mio volere. Ed io volevo proprio quello.

«Adesso ti sdrai sulle ginocchia di Vik, e accetti la punizione. Altrimenti ti porteremo su, in alto, nella montagna, ti legheremo e ti frusteremo davanti agli occhi di tutti.»

Sorrel s'irrigidì di colpo. *Stupido idiota!*, urlai nella mia mente, aprendo il legame tra me e Thorsteinn. *Non hai visto le cicatrici sulla sua schiena?*

«Nessun motivo di aver paura, Sorrel» dissi, afferrando il suo mento e forzandola a guardarmi negli occhi. «Useremmo una corda morbida. Una che, al massimo, lascia un lieve rossore. Mai cicatrici.»

«Come ho già detto prima», sibilò lei, ma non poté fare nulla per nascondermi il leggero cambio nel suo battito cardiaco, «fai del tuo peggio.»

«Come vuoi tu.» Scrollai le spalle, e senza darle il tempo di capire cosa stesse succedendo, la afferrai e la portai sulle mie spalle. Lei provò poco a dimenarsi per liberarsi mentre attraversavo la stanza e mi sedevo sul letto, posizionandola sul mio grembo. Le sue braghe si strapparono del tutto quando le tirai giù.

«Che stai facendo?» urlò lei, scalciando.

«Ti punisco.»

«Ma—i miei vestiti!» disse, spingendosi via da me con così tanta forza che la lasciai scappare.

«Non ti serviranno, per un po'. I vestiti sono un privilegio che deve essere guadagnato.»

«Volete lasciarmi nuda di fronte al branco?» disse, stringendosi addosso la giacca.

Lasciai andare un ringhio gutturale e felino, spingendola verso di me con una mano dietro il suo collo. «*Mai* di fronte al branco. Non ti condivideremo mai.»

Vidi qualcosa muoversi, su quel suo viso. Sollievo. Ma fu

brava abbastanza da nasconderlo in un cipiglio imbronciato. «Parli come fossi una cosa di proprietà.»

«Perché lo sei», annunciai io. «Tu appartieni a noi. È arrivato il momento che tu lo capisca. Per ora puoi indossare la giacca, se accetti la punizione di buon grado. Vieni, ora. Sulle mie gambe.»

Il suo profumo cambiò in un attimo, riempiendo l'intera stanza senza che lei neanche se ne accorgesse. Eccitazione. Desiderio. Thorsteinn smise di fare avanti e indietro, la testa a scattare verso di noi, verso di lei.

Io feci del mio meglio per nascondere la mia sorpresa, ma non la mia felicità.

«Non c'è bisogno di fingere che ti stia piacendo, tutta questa situazione» mormorò lei, spingendosi sulle mie gambe.

«Non sto per niente fingendo. Ho intenzione di godermi ogni singolo secondo di questo momento. Ora... quanti schiaffi per essere scappata via?»

Lei aprì la bocca per rispondere, ed io spinsi con forza il palmo della mano sulla sua natica, il rumore dello schiaffo ad echeggiare per la stanza. «Non spetta a te scegliere. Io dico... abbastanza perché ti ricordi di aver sbagliato ogni singola volta che ti siedi.»

Strinsi con forza la sua natica, riscaldando la sua pelle. Forse restai a farlo per più tempo del dovuto, troppo impegnato a godermi l'odore del suo desiderio farsi sempre più forte, più presente, a riempire la stanza come il più buono dei profumi. «Sei davvero una profetessa» mormorai, ridacchiando quando la sentii sbuffare spazientita. «Un'altra cosa, piccola compagna. Non c'è niente di male, nel piangere.»

«Io non piango» disse lei, digrignando i denti.

«Se lo dici tu», risposi io, continuando a palparle la natica nuda e soda. «Ma ti farebbe bene.»

«Tu piangi quando vieni sculacciato?» mi chiese, alzando

la testa per potermi scoccare un'occhiata di fuoco. Non riuscii a fare nient'altro che scuotere la testa, di fronte a quel suo tono di sfida.

«Fai attenzione, piccolina. Le piccole profetesse che sfidano i propri compagni vengono scopate. *Forte.*» Schiaffeggiai la parte inferiore della sua natica rotonda, godendomi lo schiocco sonoro del colpo che risuonò nell'abitacolo.

Gli occhi di Sorrel sfrecciarono sul pavimento, ma non poté fare nulla per fermare l'odore forte e dolce che mi arrivò alle narici. Il desiderio forte che provava.

«Ti piace, tutto questo. Ammettilo.»

«Io...» cominciò, poi venne bruscamente frenata da un sussulto.

«Non importa. Non c'è bisogno che tu lo dica» dissi, schiaffeggiandola altre tre volte, gli occhi persi in quel rossore meraviglioso. «Posso sentirne l'odore da qui.»

La vidi scuotere la testa, la fronte aggrottata, confusa. Era innocente; non sapeva nulla, a riguardo. Noi non l'avevamo mai toccata in modo così intimo. Perché avevamo aspettato così tanto? Tra di noi si era creato uno spazio che sembrava più un abisso.

Perché volevamo essere certi di non aver sbagliato. L'abbiamo reclamata così in fretta, per poterla guarire.

È stato un errore, il nostro, fratello. Uno che non commetteremo mai più. Avremmo dovuto fare tutto questo dall'inizio. Schiaffeggiarle il culo per aver provato a scappare da noi dal primo momento, e scoparla fino a farle perdere ogni singola voglia di andare via.

Meglio tardi che mai.

Lo speravo. Speravo davvero che non fosse troppo tardi.

La punizione andò avanti. Mi fermai più e più volte per massaggiarle le natiche rosse e doloranti, scacciando via il bruciore e risvegliando in lei altri sentimenti. Non era il dolore, che avrebbe portato alla sua obbedienza.

E, certamente, quando allungai le dita tra le sue gambe e feci scivolare un dito tra le sue labbra inferiori, le trovai completamente zuppe. «Così dolce... *così* bagnata. Sai come toccarti, per darti piacere?»

Il suo corpo venne attraversato da un singhiozzo.

«Sh, lasciati andare. Brava bambina.»

Sorrel si spinse via da me, inciampando all'indietro.

«Lasciatemi in pace.»

Thorsteinn provò a prenderla, ma io gli feci cenno di lasciar perdere.

Poteva essere arrabbiata; poteva innalzare i suoi soliti muri intorno a sé.

In un modo o nell'altro, noi li avremmo abbattuti tutti, uno per uno.

* * *

FUNZIONERÀ?, chiesi attraverso il legame. Sorrel era raggomitolata su un mucchio di pellicce, e dormiva immersa nella luce gettata dal fuoco. Ogni tanto sussultava nel sonno.

«Deve funzionare» rispose Thorsteinn ad alta voce, con sicurezza. Ma non poteva nascondere la trepidazione dentro di sé; riuscivo a sentirla attraverso il legame. «Se non funziona, allora gli Alpha reclameranno la sua vita.

Non può morire. Non dopo tutto quello che abbiamo passato.

Ce ne andremo via da qui prima che questo possa accadere. La prenderemo con noi, e scapperemo via.

Io scossi la testa. *E quanto a lungo pensi che riusciremo a sopravvivere, senza l'aiuto del branco?* Il Re dei Morti si era fatto ancora più forte. Persino durante il nostro giro di pattuglia ci eravamo dovuti aggrappare con forza all'aiuto datoci dai nostri compagni. Fino a quando non avessimo sconfitto lo stregone tutti insieme, il posto più sicuro per ogni profetessa sarebbe sempre stato la nostra montagna.

59

La addestreremo ad obbedire, insistette Thorsteinn. *Soltanto quando sarà completamente domata potremo assicurarci la sua sicurezza.*

Strinsi con forza i denti, per non dire ciò che sapevamo entrambi: che Sorrel non sarebbe mai stata domata.

Thorsteinn, però, riuscii a captare quel mio pensiero lo stesso. Vidi i suoi occhi infuocarsi. *Lo farà, invece. Me ne assicurerò personalmente.*

Povera piccola. Attraversai la casetta e mi andai a coricare al suo fianco, comprendo le sue spalle con una pelliccia.

Vidi la sua fronte aggrottarsi: aveva così tanti pensieri, anche mentre dormiva. Avrei tanto voluto che ne lasciasse qualcuno a noi, così da liberarsi un po'.

Dobbiamo convincerla che appartiene a noi. Avremmo dovuto farlo dal primissimo momento, disse Thorsteinn.

E che succede se non funziona?, chiesi io, tracciando con un dito la linea del suo sopracciglio, desiderando, dentro di me, di poter cancellare via ogni linea di preoccupazione lì.

Deve funzionare.

Ma nessuno dei due disse ad alta voce ciò che temevamo davvero: che avessimo aspettato troppo per farla nostra.

* * *

Sorrel

UNA MANO RUVIDA MI FECE SVEGLIARE NELL'OSCURITÀ. Per un attimo mi ritrovai di nuovo in abbazia, svegliata prima dalle mie amiche, poi da una delle suore cattive ed arrabbiate, con in mano un arnese di tortura.

«Sorrel, è arrivato il momento di alzarsi», raspò Vik.

«No, ancora è presto.» Cercai di coprirmi il capo con la pelliccia, e lui la tirò via.

«Svegliati», ridacchiò lui. «Ci aspetta una lunga giornata.»

Alzai la testa, scoccando un'occhiata di fuoco all'oscurità oltre l'entrata della nostra casa.

«Alzati di tua spontanea volontà, oppure dopo una bella sculacciata. A te la scelta.»

Sbuffando, mi sedetti sulle pellicce.

«Brava bambina», ridacchiò Vik.

«Dov'è Thorsteinn?»

«È andato a caccia. Vieni.» Con le mie mani nella sua mi tirò su, e mi portò oltre il fuoco, dove si ergeva una grande vasca piena di acqua calda.

«Prima ci laviamo.» Vik si allungò per togliermi la giacca, ed io afferrai le sue braccia prima che potesse fare alcunché.

«Una volta mi facevate fare il bagno da sola.» Mi davano anche privacy. Neanche intorno alle mie amiche ero mai riuscita a spogliarmi; le cicatrici dietro la mia schiena erano solo uno dei motivi. Non ero mai riuscita ad accettare l'idea che la gente mi vedesse senza la mia armatura.

«Questo è stato prima che decidessi di scappare via. Adesso dipenderai da noi in tutto e per tutto. Dormire. Mangiare. Vestirsi. Lavarsi…» La sua voce divenne gutturale. «Provare piacere.»

Arrossii, e distolsi lo sguardo. Avevano cominciato ad iniziarmi a quella parte della nostra ipotetica vita di coppia solo un po', prima che andassero via. Eppure la ricordavo ancora.

«Lo ricordi, non è vero?» mi chiese lui. «Come ti abbiamo stretta; come ti abbiamo protetta?»

«Sì, Vik, me lo ricordo» gli dissi, alzando poi il mento con forza, guardandolo negli occhi senza esitazione. «E mi ricordo come subito dopo voi mi abbiate lasciata da sola.»

«Quello è stato un atto di follia, e il nostro più grande

rimpianto» mi rispose, ed io restai attonita di fronte alla tristezza che sentii nel suo tono di voce.

«Vieni» disse, afferrando la mia giacca e tirandomi verso di lui, liberandomi della stoffa, lasciandomi completamente nuda. Vik afferrò un panno e prese a bagnarlo, ma quando io provai a prenderlo per potermi lavare, lui fece un cenno con la bocca per ammonirmi. Stringendo i denti, restai ferma immobile mentre lui passava il panno sul mio collo, sulle spalle, verso i seni.

«Ti laveremo in questo modo ogni singola sera» mi informò lui, tono molto basso. «Lo avremmo fatto anche ieri sera, ma ti sei addormentata subito.»

«Io...» La sera prima mi ero lasciata andare al sonno, troppo esausta dopo la punizione. «Ero stanca.»

«Lo sarai ogni singola notte. Ti sfiniremo sempre» mi promise, scoccandomi un sorrisetto malizioso.

Abbassai la testa. Aggrottando la fronte, Vik mi fece alzare di nuovo gli occhi su di lui. «Che c'è, piccolina?»

«Dite che mi reclamerete... Ma che succede se il legame non funziona?»

«Funzionerà. Non ci fermeremo fino a quando non lo avremo completato.»

«E se non è possibile?»

«Lascia che siamo noi a preoccuparci di questa parte.» Strofinò il panno tra i miei seni, scendendo lentamente lungo lo stomaco. Provai a spingerlo via, ma lui mi rimproverò di nuovo. «Mani dietro la schiena», ordinò, schiaffeggiandomi un lato della coscia con il panno quando rifiutai di obbedire. Alzando gli occhi al Cielo, feci come mi era stato detto. Prima avesse finito con quello che stava facendo, meglio sarebbe stato.

Ma mi sbagliavo.

Grande per quanto fosse, ed io così più piccola di lui,

l'enorme guerriero si accovacciò davanti a me e si prese il suo tempo, il suo tocco incredibilmente gentile. Si soffermò sulla punta dei miei seni, stimolandoli, strappandomi dalle labbra un sospiro che gli fece incurvare le labbra. Dovetti stringere con forza i pugni per non dargli uno schiaffo.

«Divertente» mormorò, inginocchiandosi e piegandosi per passare il panno in mezzo alle mie gambe.

«Cosa?» chiesi, tenendomi ferma e in equilibrio con le mani sulle sue spalle. Strinsi con forza i denti. Non mi sentivo per niente influenzata dal suo tocco. *Per niente.*

«Avrei giurato che avresti provato a liberarti di me, ormai.»

Io inarcai un sopracciglio. «Vuoi che mi ribelli?» chiesi alla sua testa. «Pensavo volessi la mia obbedienza.»

«Non io» disse Vik, scoccandomi un sorrisetto da parte a parte mentre continuava a strofinare il panno in mezzo alle mie gambe. Il ritmo non cessò mai, non andò diminuendo, facendo crescere sempre di più la pressione tra le mie gambe. Presto, la sensazione sarebbe stata troppo forte perché io potessi ignorarla.

«D'accordo, allora» sussurrai io. Un attimo prima ero immobile; l'attimo dopo, invece, mi ero gettata indietro, dando un calcio alla pentola e facendola ribaltare dall'altro lato. L'acqua prese a schizzare ovunque. Anche se non avevo dato una spinta chissà quanto forte, Vik si ritrovò disteso di schiena per terra. Lo sentii ruggire, e per un attimo mi bloccai sul posto, spaventata di aver esagerato, ma ben presto mi resi conto che quel suo ululato era in realtà una risata. Vik si alzò e avanzo verso di me, bagnato dalla testa ai piedi, i suoi piedi a sbattere contro l'acqua accumulatasi sul pavimento. Persi il vantaggio che avevo acquisito, troppo impegnata a guardarlo, e lui riuscì ad afferrarmi facilmente. Gli martellai la schiena con i pugni, ma il suo corpo era così duro e forte che, in realtà, a farmi male ero io. Finimmo in un groviglio di corpi sulle pellicce. Vik si lasciò cadere su di me, tenendomi ferma sul pavimento, i polsi stretti tra le mani. Anche così, continuai a scalciare.

«Sorrel», rise lui. «Lascia perdere, dolcezza. Piccola ragazza scudo.»

«Mai!» Scalciai verso l'alto, mirando tra le sue gambe. Proprio all'ultimo Vik si girò, ed io finì per sbattere il piede sulla sua coscia d'acciaio. Guaii e lui si abbassò su di me, coprendomi del tutto. «Bellissima» sussurrò, ed io mi sentii pervadere di calore. Le sue labbra trovarono le mie, e su di esse respirò, «Piccola combattente. Dolcissima, e feroce.»

Mi rubò un bacio, ed io gli morsi il labbro inferiore.

«Sì», gemette lui, ringhiando, e in un attimo mi strinse i capelli con forza. Le sue labbra bruciarono lungo la mia mascella, la sua barba a pizzicare la mia gola scoperta e vulnerabile. Mi tenne ferma con il suo corpo, tenendosi in tensione con i gomiti abbastanza da non soffocarmi del tutto. I suoi fianchi erano attaccati ai miei, e riuscivo a sentire la linea della sua grossa erezione spingere contro la mia gamba.

Non saprei dire quando smisi di combattere e, invece, presi a ricambiare il bacio. Ad un certo punto, Vik dovette staccarsi per riprendere aria. Ringhiando, afferrai una manciata di capelli e avvolsi le braccia intorno alle sue spalle larghe, spingendolo giù verso di me. La sua risata mi riempì la bocca.

Vik trascinò la sua coscia tra le mie gambe, spingendo il ginocchio proprio nel mio punto più sensibile.

«È questo che ti piace?» sussurrò con voce bassa, gutturale sul mio orecchio. Il suo corpo copriva il mio, le braccia intorno alla mia testa, le gambe sulle mie. Il suo ginocchio prese a dondolare lentamente tra le mie gambe, premendo sul punto perfetto. «Ti fa sentire bene?»

«Sì» gemetti, inarcandomi sotto di lui, i miei capezzoli turgidi e bisognosi. «Voglio di più.»

La sua risatina profonda mi fece formicolare la schiena. Vik continuò a muovere il ginocchio tra le mie gambe, strofinando sul mio clitoride senza mai fermarsi. Io presi a muovermi, persa nel desiderio, i miei fianchi bisognosi di ricevere di più. Mi strusciai contro la coscia di Vik, ignorando la sua risata divertita. Non m'importava nulla di ciò che Vik stava facendo, se stesse provando a dimostrarmi che gli appartenessi; non m'importava neanche che lui era diventato mio nemico. Continuai a rincorrere la sensazione fino a quando non l'afferrai, perdendomi in essa completamente.

Il piacere m'invase da capo a piedi. Sussultai, gemendo, dimenandomi, tremando.

«Brava» mi lodò lui. «Molto brava, piccolina.»

Io sbattei le palpebre quando Vik si alzò da sopra di me, sbottonandosi i pantaloni con una mano.

«Resta ferma lì» ordinò lui con voce gutturale, prendendo in mano la sua erezione. I suoi occhi presero a bruciare sul mio corpo, i miei seni, le mie gambe, il mio viso. Cercando di riprendermi, provai a mettermi seduta.

«No» gemette lui, severo come Thorsteinn. «Ferma lì.»

Fu una tortura restare ferma lì, il mio centro pulsante, mentre lui si occupava della sua erezione. I guerrieri erano stati premurosi con me, prima che tutto quanto succedesse; mi avevano lasciato addosso tocchi leggeri, mi avevo riempito le orecchie di parole dolci. Ma non avevano mai acceso in me un desiderio così forte e intenso da farmi perdere la testa; non mi avevano mai fatto arrivare all'apice del piacere.

Guardai con fascinazione Vik lasciarsi andare, il suo seme a sgorgare dalla punta ampia del suo cazzo per ricoprirmi il petto.

«Sì» sussurrò Vik, facendo le fusa. «Indosserai il nostro

odore. Ti marchieremo così ogni singola volta, prima di farti lasciare questa casa.»

«Andiamo via?»

«Non vuoi più allenarti?»

«Pensavo…» Mi avevano addestrata, avevano combattuto con me, prima. Ma ora tutto era cambiato. «Pensavo che sarei stata punita.»

«Questa è una punizione» disse, afferrando la mia mano e facendo scivolare le mie dita sul suo seme, spargendolo lungo tutto il mio corpo. «Odorare di noi. Indossare il nostro seme. Perdere la testa di piacere, di desiderio.»

Strinsi le gambe, contorcendomi, sentendomi improvvisamente vuota. Presi a strofinare le cosce, e sentii il bisogno diminuire.

«Brava, così» mormorò Vik. «Così si fa.» Con le dita ancora strette sul mio polso, portò la mia mano bagnata del suo seme in mezzo alle mie gambe. «Toccati.»

«Io non… non so come si fa.»

«Non ti sei mai data piacere da sola? Neanche in abbazia?»

Mordendomi il labbro inferiore, scossi la testa.

«Lascia che ti insegni, allora.» Vik poggiò il pollice contro il mio clitoride, muovendo circolarmente in modo lento. «Il minimo tocco. Lo senti?»

«Sì», respirai. Ogni singola sensazione mai provata prese a scorrere dentro di me, facendomi impazzire. All'improvviso, però, lui ritirò la mano.

«Perché ti sei fermato?»

«Punizione» ridacchiò Vik, leccandosi le dita. «Ti voglio debole e desiderosa di noi, tutto il tempo.» Ridendo, Vik attraversò a grandi falcate la casetta, e mi lanciò contro uno zaino. Il tempo del piacere sembrava essere finito, per lui, ma io non avevo alcuna voglia di restare insoddisfatta.

Battei i piedi per terra; Vik continuò a muoversi per la

casa, preparandosi ad uscire e andare via. Non mi stava neanche guardando.

Mi aveva appena insegnato come toccarmi. Forse avrei potuto...

Nel momento stesso in cui le mie dita toccarono le mie labbra inferiori, Vik mi fu addosso. «No, ragazzaccia» disse, bloccandomi i polsi ad entrambi i lati del mio corpo e tenendomi ferma mentre mi contorcevo.

«Perché?» urlai.

«Questa» ringhiò lui, liberandomi un polso per poggiare una mano a coppa in mezzo alle mie gambe, e stringere forte, «appartiene a noi. Tu trarrai piacere dalle nostre mani e dalle nostre mani soltanto, e per nostro ordine.»

Mi mossi sotto di lui, imbarazzata nel vedere con quanta facilità riuscisse a tenermi ferma. Alla fine, però, smisi di combattere.

«Brava bambina.» Vik si alzò, tirandomi su insieme a lui. «Stai imparando.»

«Imparerei più in fretta, se smettessi di prendermi in giro.»

«Ma io amo prenderti in giro» disse lui, scoccandomi un sorrisetto. Poi mi afferrò il viso con entrambe le mani, ed io persi il respiro quando notai l'espressione tenera che d'un tratto gli bagnò il viso. «Faremo tutto il possibile per legarti a noi.»

Il mio corpo era ancora desideroso di altro, di frizione, di piacere. Ma quel suo tono gentile riuscì a lenire le ferite nel mio cuore spezzato.

«Tu appartieni a noi, Sorrel. Ti legheremo a noi per sempre, così che tu non possa mai, mai più andare via.»

* * *

Vik

67

. . .

GLI OCCHI SCURI DI SORREL INCONTRARONO I MIEI. Ultimamente, Sorrel si era mostrata dura e diffidente, ma con il corpo ormai addolcito e arrossato dal suo piacere, sembrava diversa; piena di speranza.

La sua pelle bagnata del mio seme. Il mio profumo che si mischiava al suo. La Bestia si sentì incredibilmente soddisfatta.

Il mio petto riverberò con un mezzo ringhio soddisfatto, e mi avvicinai a lei per accarezzarle la guancia con la mia, girando il capo per poter sfiorarle con la barba la fronte e la guancia sinistra. Fu con quel movimento che sentii qualcosa muoversi dentro il legame aperto. Un tocco lieve, come la pausa veloce di una farfalla su un fiore. Rapido, e poi scomparso troppo in fretta. Ma era stato lì, e lo avevo sentito.

C'era una terza persona ad attendere dentro la mia testa, speranzosa. Aprii il legame con Thorsteinn, chiedendogli, *L'hai sentito anche tu, fratello?*

Sì, rispose lui, e in quel suo tono ci sentii un tocco di speranza. Poi, però, si fece più diffidente: *Che cos'hai fatto?*

Io non risposi. Prendevo in giro anche Thorsteinn. Sapevo che non sarebbe stato contento, se avesse saputo che avevo toccato Sorrel senza di lui. Ma se l'avessimo toccata sin dall'inizio, forse tutto questo non sarebbe neanche successo.

Sorrel si lasciò andare ad un sospiro, quando la liberai. I suoi occhi mi seguirono per tutto il tempo mentre mi allungavo per afferrare lo zaino che avevo preparato per lei. «Tieni. Vestiti.»

La lasciai a vestirsi, continuando a preparare tutto quanto per poter andare via: le mie armi, il mio zaino; dovevo anche spegnere il fuoco.

Quando mi voltai, però, Sorrel era ancora nuda, china sullo zaino che le avevo lasciato tra le mani.

«Sorrel? C'è qualcosa che non va?»

La sua testa fece un cenno di diniego. Ma rimase ingobbita, senza muoversi. Sembrava quasi stesse piangendo. Ma com'era possibile? Sorrel non piangeva mai.

«Li avete sostituiti…» disse piano, il mento tremolante.

Teneva tra le mani la nuova maglietta e i nuovi pantaloni che avevamo trovato per lei. Sin dall'inizio ci era stato chiaro quanto poco Sorrel amasse i vestiti. Il primo regalo che le avessimo mai fatto era stato un paio di pantaloni, proprio il giorno dopo averla portata via dall'abbazia.

«Non ti piacciono? Pensavo che preferissi i pantaloni, ai vestiti.»

«È così, infatti.» Quando alzò lo sguardo su di me, vidi i suoi occhi scintillare di lacrime non versate; la vista mi allarmò più di un'orda di Draugr. «E non lo avete dimenticato.»

«Sei una cacciatrice e una combattente. I pantaloni sono molto più comodi.»

«Lo so.»

«E allora cosa c'è? Cosa c'è che non va?»

«I guerrieri non hanno fatto altro che dirmi che sono strana. Che mi avrebbero costretta ad indossare dei vestiti, ché forse mi avrebbero resa più donna.»

«Quali guerrieri? Dove? Chi sono?» ringhiai, sentendomi montare dentro la rabbia. Li avrei uccisi tutti.

«Anche le suore lo dicevano. Mi picchiavano quando mi trovavano con…» Alzò i pantaloni verso di me.

Io spostai lo sguardo dai pantaloni a lei. «Le suore non sono più qui. Se lo fossero…» dissi, ma non conclusi quella minaccia. Non mi era mai piaciuto, fare del male alle donne. Ma lo avrei fatto, se queste avessero fatto del male a Sorrel.

«Nessuno mi hai mai permesso di indossarli. Nessuno» ripeté lei, gli occhi fissi nei miei. «Tranne voi.»

«Sì, beh... i pantaloni sono più comodi per gli allenamenti, quindi...»

Sorrel mi stava guardando con il mondo intero dentro quegli occhi, ed io non riuscivo a capire come fare a respirare. «Non sono stato io, comunque» dissi, facendo un passo indietro e riprendendo ad afferrare le mie cose. «È stato Thorsteinn. È andato in giro per villaggi per prenderne qualche coppia. Non è niente di che», conclusi. Ma non era vero. La prima volta, sì, avevamo cercato dei pantaloni nei villaggi. Ma da quel momento in poi, avevamo trovato qualcuno che potesse crearne a nostro piacimento in cambio di soldi, soltanto per lei.

«Andiamo, ora» dissi in tono burbero. «Indossali. Dobbiamo uscire.»

La vidi affrettarsi ad indossarli, come temesse che avrei cambiato idea se non ne avesse approfittato in tempo.

«Se ci sbrighiamo, potremmo avere anche il tempo di addestrarci un po' prima che torni Thorsteinn. Visto che fino ad ora sei stata brava, ti permetto di scendere giù da sola.»

La vidi fare un piccolo sorriso, a quella frase. Sorrel amava la sua indipendenza, ed era una cosa che io amavo di lei. Dovetti mordermi la lingua per tutto il tempo, preoccupato come una vecchia che potesse cadere e farsi male; ma Sorrel scese lungo il tronco come fosse uno scoiattolo, come fosse sua natura, e saltò a terra con passo sicuro.

«Alcuni guerrieri sono convinti che dovresti stare rinchiusa, senza mai vedere la luce del giorno» le dissi, quando entrambi fummo a terra. «In gabbia, o incatenata con forza contro una roccia. O peggio.»

Lei distolse lo sguardo dal mio, aggrottando la fronte.

«Non gli piacerà vederti libera, a camminare in giro per la montagna. Restami vicina sempre. Al mio fianco, come fossi legata ad un guinzaglio.»

Fece una smorfia, ed io l'afferrai con fermezza per il mento.

«Obbedisci, oppure ti incateneremo davvero.»

Vidi le sue labbra stringersi, già pronta a ribellarsi. Le diedi un piccolo colpetto sotto il mento, con il dito.

«Obbedisci e basta» ripetei io, il tono più morbido. «Ti renderà le cose più semplici. Ma se dovessi decidere di andarci contro... beh, renderà le cose soltanto più divertenti.»

La vidi aggrottare la fronte, pensierosa. Restò con quell'espressione per tutto il tempo che impiegammo ad arrivare verso il luogo dell'allenamento. Avevamo allestito quel posto poco dopo esserci trasferiti in quella casa, e avevamo passato del tempo lì, con lei, fino a quando la neve ce lo aveva permesso. Sorrel ci aveva fatto capire sin da subito che voleva essere una guerriera, e noi l'avevamo assecondata; le avevamo lasciato tagliare i capelli corti, le avevamo dato pantaloni da indossare, armi da tenere in vita. L'avevamo corteggiata a modo nostro, in maniera diversa dal solito; ma ogni volta che avevamo provato a toccarla, lei si era tirata indietro. Avevamo pensato fosse il risultato del modo in cui l'avevamo portata via dall'unica casa che avesse mai conosciuto, e allora non avevamo pressato, le avevamo dato il suo tempo. Era la cosa giusta da fare, avevamo pensato. Ma più passava il tempo, più noi continuavamo a stare al suo fianco come guerrieri; mai più vicini di così. E quando eravamo stati chiamati per andare in pattuglia, ci era sembrata la cosa più giusta da fare piuttosto che restare e non vedere cambiamenti.

Ci eravamo sbagliati. Avremmo dovuto fare tutto il possibile per poter legare con lei e renderla veramente nostra compagna. Avremmo dovuto toccarla e stuzzicarla, fino a renderla completamente dipendente da noi, incapace di pensare ad altro che non fossero i suoi compagni. Se

71

l'avessimo reclamata in modo corretto, nel momento in cui fossimo stati chiamati a pattugliare, avremmo fatto di tutto per non andare. O, almeno, avremmo reso chiaro a tutti— specialmente a lei—che il nostro rispondere ai comandi non era un modo per abbandonarla. Era stato un errore, lasciarla.

L'amarezza e il rimpianto mi strinsero lo stomaco. Ci saremmo fatti perdonare; avremmo fatto tutto il possibile per avvicinarla a noi. Thorsteinn avrebbe usato le sue regole severe, ed io avrei usato il mio tocco e il mio modo leggero di fare.

Quella mattina avevo avuto la prova che il mio metodo funzionava; fosse stato per me, l'avrei tenuta chiusa lì dentro, soffice e desiderosa del mio tocco, se solo non avessi già organizzato una giornata d'allenamento. C'era da dire, però, che i piani potevano sempre essere stravolti...

«Che facciamo qui?» chiese Sorrel. Mi girai a guardarla, e mi resi conto del perché in realtà l'avessi portata fuori. In mezzo alla natura, Sorrel prendeva vita: le sue guance si coloravano di rosso, i suoi occhi brillavano di una felicità che solo sentirsi libera poteva farle sentire. Feci scivolare la mano lungo la sua schiena, godendomi i suoi brividi, l'antici- pazione che scorreva lungo il suo corpo. Forse non c'era alcun bisogno di allenarsi; forse avremmo potuto semplice- mente distenderci sul prato morbido, lì, nascosti dagli abeti...

«Vik», mi punzecchiò lei. Io le afferrai la mano e ne baciai il palmo, proprio sull'attaccatura del polso. La sentii rabbri- vidire di nuovo. Feci scattare la lingua su quel punto sensi- bile, godendomi i suoi sussulti prima di lasciarla andare. Forse, questo le avrebbe insegnato a non punzecchiarmi.

«Ti ricordi le lezioni che abbiamo fatto qui?» chiesi, indi- cando con un gesto della mano la radura.

«Un po'» disse, aggrottando la fronte così tanto da far

apparire una linea in mezzo alle sue sopracciglia. «È passato tanto tempo.»

Troppo. Troppo tempo, ed era colpa nostra. «Tieni» dissi, lanciandole un coltello, che andò a depositarsi per terra, proprio di fronte ai suoi piedi. «Oggi ci alleniamo con i lanci.»

Le indicai un tronco contro cui lanciare il coltello che le avevo appena dato. Dopo alcuni lanci, mi spostai dietro di lei e corressi la sua postura, senza perdere alcuna occasione per passare le mie mani sul suo corpo. Il primo lancio perfetto che fece arrivò poco dopo, ed io la premiai accarezzandole i seni, stringendole piano la gola e strofinando il mio viso tra i suoi capelli. Portava ancora addosso il mio odore.

«Perché lo stai facendo?» mi chiese, quando mi allontanai. I suoi occhi erano luminosi, le guance rosse. Una volta finito con l'allenamento, decisi, l'avrei fatta coricare su una roccia, avrei divaricato completamente le sue gambe, e l'avrei leccata tutta fino a farla tremare di piacere.

«Vedrai.» Tirai fuori il mio secondo coltello, e lo lanciai verso l'albero. Andò a depositarsi esattamente accanto a quello di Sorrel, tremante, i manici quasi a toccarsi. Marciammo insieme verso l'albero per riprendere le nostre armi.

«Al branco non piacerà vedere una donna armata e brava a combattere.»

«Se a loro non piace non è affar nostro. Non è loro compito, prendersi cura di te. È nostro. E poi», dissi, rimuovendo la lama dal tronco con facilità; lei fece lo stesso. «Se c'è qualcosa che davvero li farà restare di sasso, sarà vedere una donna vestita con abiti maschili.» Feci un cenno con il mento verso il suo abbigliamento.

Non avrei dimenticato l'espressione che aveva fatto la prima volta, quando le avevamo portato i vestiti che desiderava indossare. Li aveva stretti forte al petto, le labbra tremanti. Quello era stato il momento in cui ci eravamo avvicinati di più al vederla piangere.

Aggrottai la fronte, pensandoci un po' su. L'avevamo mai davvero vista piangere? Neanche quando si era rotta le gambe durante la nostra fuga via dal Re dei Morti e dal suo esercito, aveva versato una lacrima.

«Lo so che sono una strana creatura da guardare» disse lei. «Le altre profetesse mi hanno sempre presa in giro.»

«Le tue amiche?» chiesi io, la voce bassa, nient'altro che un ringhio.

«Non tutte sono mie amiche.»

«Pensavo foste tutte molto legate.»

Sorrel scrollò le spalle, come se non le importasse. «La maggior parte di loro lo sono. Io ho provato a farmele amiche, ma... non sono mai piaciuta molto. Sono diversa» disse, l'espressione sapientemente svuotata di alcuna emozione.

«Perché ti sei creata le tue stesse armi? Perché preferisci indossare pantaloni e andare a cacciare, o arrampicarti agli alberi, piuttosto che fare ciò che fanno tutte loro?»

«Sì» rispose lei, come fosse distante. «E poi facevano le spie.»

«E le suore ti picchiavano.»

«E le suore mi picchiavano. Usavano le corde, le fruste, qualsiasi cosa potesse farmi urlare di dolore. Marchiavano la mia pelle, sperando di sentirmi piangere, ma io non l'ho mai fatto. Non ho mai dato loro la soddisfazione di vedermi crollare. Alcune delle ragazze lì dentro mi prendevano in giro, quando tornavo e trovavano il mio viso pulito, senza lacrime. Mi promettevano che, la prossima volta, avrei urlato così tanto da sentire la gola raschiare.»

Mi girai, cercando in tutti i modi di nascondere la rabbia che prese a scorrermi tra le vene. «Non ti difendevano? Non difendevano una di loro?» Avrei dato la caccia ad ognuna di loro; gliel'avrei fatta pagare, per ciò che avevano fatto.

«Alcune di loro si facevano anche in quattro per assicurarsi che venissi punita. La peggiore tra tutte era...» Sorrel si fermò, mordendosi il labbro.

«Chi? Chi era?» chiesi io, ringhiando. Se quelle non fossero state delle donne, le avrei già sfidate io stesso. Ma anche così avrei potuto chiedere di punirle. Di fustigarle pubblicamente, per ciò che le avevano fatto passare.

«Rosalind.»

Quel nome mi fece sussultare. Rosalind era la stessa ragazza che giaceva priva di sensi, colpita da una pietra che era stata proprio la fionda di Sorrel a scoccare.

«È per questo che l'hai ferita?»

«No», rispose lei, ma non mi diede altra spiegazione. Si limitò a tirare il coltello verso l'albero, colpendo il centro perfettamente. Poi afferrò il mio coltello dalle mie dita, e tirò anche quello.

* * *

Sorrel

MI MORSI IL LABBRO INFERIORE MENTRE VIK SI AVVICINAVA A PASSO DI MARCIA VERSO L'ALBERO, e tirava fuori i coltelli con una rabbia tale da sembrare quasi che quei coltelli lo avessero offeso personalmente. Tornò da me, ma invece di passarmeli li tirò lui stesso. Quando andai a riprenderli, non riuscii neanche a tirarli fuori; erano affondati in profondità.

«Aspetta.» La sua ombra mi cadde addosso proprio quando riuscii a liberare il primo coltello. Barcollai all'indietro, e lui mi tenne in equilibrio con le mani sui miei fianchi. «Lascia, ci penso io.»

Quando afferrai il manico del secondo coltello, Vik poggiò la sua mano sulla mia. Insieme lo liberammo, e poi lui mi girò per guardarlo, il coltello fermo tra di noi.

«Se hai modo di tirare il coltello, fallo sempre. Mira al busto, così hai più campo e possibilità di colpire qualcosa. Lancia, e poi corri. Promettimi che non farai mai resistenza.»

Vik scostò i miei capelli dal viso, e mi cinse il mento con dolcezza.

«Perché Rosalind ti tormentava?»

Provai a scostare lo sguardo, a liberarmi dalla sua presa, ma in un attimo le sue dita pressarono con più forza, tenendomi ferma.

«Eravate orfane entrambe» disse, studiando il mio viso. «Profetesse raccolte dentro un'abbazia. Perché non unirvi, e provare a scappare insieme?»

«Io ci ho provato. Volevo farlo.» Avevo già detto a Thorsteinn e Vik del modo in cui avevo imparato a combattere e cacciare quando ero ancora in abbazia. Mi ero allenata per poter vivere lontana da quel posto da sola, così che un giorno potessi finalmente scappare, lasciare quell'orfanotrofio. Trovare una casa tutta mia dentro i boschi, e occuparmi di me stessa. «Io volevo andare via, ed ero disposta a portare con me le mie amiche.»

«Anche Rosalind.»

«All'inizio, forse. Ma dopo avermi tradita...» Scossi la testa. «Non parlavamo più, ma sapevo che anche lei avesse i suoi piani per scappare.» Rosalind era una delle ragazze che il frate chiamava a sé in solitario. Ero certa che non volesse restare in quel posto più di me. Ero stata così sicura che avrebbe accettato di buon grado i miei piani, che mi avrebbe aiutato a progettare la nostra fuga; e invece era andata a fare la spia dalle suore, dicendo loro tutto quanto. Dopo tutto il tempo che era passato, il tradimento bruciava ancora.

«Rosalind era con te nella casa delle ragazze ancora senza compagni», mormorò Vik.

«Sì. Era lì anche lei.» Eravamo riuscite ad evitarci per giorni, prima di tornare alle nostre vecchie abitudini. Le ragazze erano curiose di sapere come mai fossi tornata in quella casa, quando avevo passato tutto l'inverno con due guerrieri. *Dove sono adesso? Perché ti hanno lasciata qui?* Quando io non avevo trovato le risposte, non avevo saputo cosa dire, era stata Rosalind a rispondere per me. *Non è forse ovvio? I guerrieri che l'avevano scelta come compagna non l'hanno più voluta.* Era stata lei la prima a dare voce alla verità. Era scoppiata a ridere quando aveva visto la mia espressione incredula. *Non fare così, Sorrel. Va tutto bene. Siamo tutte non volute, qui dentro.*

«E hai parlato con lei?» mi chiese Vik, tirandomi fuori da quel ricordo crudele. «Ti ha detto che aveva intenzione di scappare?»

Io studiai i suoi occhi mentre lui studiava i miei. «Pensavo avessi detto agli Alpha che ero stata io ad averla indotta a scappare.»

Vik fece un ringhio frustrato. «Abbiamo detto agli Alpha nient'altro che ciò che avevano bisogno di sentirsi dire. Adesso voglio sentire la tua versione. Hai detto che Rosalind se n'è andata, e che tu l'hai seguita. Sto cercando di capire che cosa è successo» disse, e sul suo viso lessi nient'altro che sincerità.

Vik e Thorsteinn volevano sapere la verità. Ma la volevano sapere davvero? Thorsteinn mi credeva selvaggia, e voleva nient'altro che la mia obbedienza. Ma Vik... forse, se avessi detto la verità, c'era una possibilità che lui mi avrebbe creduto. Anche se non avrei mai potuto dirgli tutto.

«Rosalind aveva detto di voler lasciare la montagna, sì. Era turbata, per qualche motivo.» Mi sembrava sbagliato parlare male di una donna che giaceva in punto di morte, ma dire quelle parole non costituivano un tradimento nei suoi confronti. «La notte che è scappata, però, le cose erano... strane.»

«Strane? Strane come?»

«Non so come spiegarlo», sussurrai. Come avrei potuto dirgli ciò che avevo soltanto sentito? «Era molto, molto buio, eppure la luce della Luna sembrava illuminare il passaggio per seguirla, soltanto per me. Mi sono messa a correre dietro a Rosalind, eppure, per quanto fossi veloce, lei restava sempre troppo lontana da me per poterla raggiungere davvero. L'unica cosa che vedevo con certezza erano i suoi capelli dorati. E c'erano guardie, di pattuglia, sì, ma...», scossi la testa, «la nebbia sembrava nasconderci da loro. Rosalind ed io ci camminavamo dentro, e mi è sembrato quasi come se, anche se accanto a loro, i guerrieri non potessero vederci. Come se in realtà non fossimo lì.»

L'espressione di Vik era completamente vuota. Io abbassai il capo. «Te l'ho detto che era strano.»

«Lo è», rispose lentamente lui. «Ma sono capitate cose ancora più strane. Sorrel—credi che ci fosse della magia, coinvolta?»

«Non saprei. Posso solo dirti che sentivo di dover raggiungere Rosalind. Mi sentivo come fosse colpa mia che stesse provando a scappare. Ero stata io a parlare di fuggire per prima. Non avevo creduto che sarebbe stata abbastanza coraggiosa da provarci da sola.» Continuai a parlare, ma i miei occhi restarono fissi sul pavimento. Provavo troppa vergogna per poterlo guardare negli occhi. «Quindi, vedi, quando avete detto agli Alpha che sono stata io ad indurla a scappare... beh, forse non era una bugia.»

«Ti senti in colpa anche se è stata lei ad andarsene di sua spontanea volontà?»

«Sì, perché è stata colpa mia. Lei se n'è andata, e adesso è ferita. È tutta colpa mia.»

«Non da quello che mi hai detto» disse Vik, lentamente. «Sembra piuttosto che ci fossero altre forze, in gioco. Sorrel, cos'è successo quando avete lasciato la montagna?»

Io scossi la testa. «Lo sai cos'è successo.»

«So che tu e Rosalind avete lasciato la montagna. So che i Berserker hanno trovato entrambe, lei priva di sensi con una ferita alla tempia, e tu in piedi di fronte a lei con una fionda in mano. Voglio sentire la tua versione, adesso.»

«Cosa importa?»

«Ciò che hai da dire importa *a me*.»

Strinsi le labbra, e lui mi diede un piccolo colpetto con un dito sul fianco. «Dimmi tutto, Sorrel. Io ti ascolto.»

Mi avrebbe ascoltato, sì; ma avrei davvero potuto dirgli ciò che sospettavo? Che Rosalind fosse in combutta con il Re dei Morti, e che avevo dovuto provare a fermarla prima che fosse troppo tardi?

«Non volevo ferire Rosalind», dissi infine. «Ma ho dovuto. Per salvarci la vita.»

«Cosa?» chiese, inclinando il capo. «Che cosa intendi? Per salvarvi la vita… eravate in pericolo?»

Non gli dissi di più; se lo avessi fatto, avrei chiamato Rosalind una traditrice. Non potevo farlo. Se si fosse risvegliata, si sarebbe ritrovata costretta ad affrontare l'ira degli Alpha, del branco intero. Ma se fosse morta, allora tutti quanti l'avrebbero ricordata come nient'altro che una traditrice.

Sospirai, abbassando il capo.

«Tanto è inutile» disse una voce dura dietro di noi. Vik sospirò quando vide Thorsteinn camminare a passo di marcia verso di noi. Il guerriero dagli occhi grigi aveva un sopracciglio inarcato, e gli occhi fissi su di me. «Non vuole dircela, la verità.»

Aveva ragione, ma non aveva niente a che vedere con la mia volontà. Perché io *volevo* dirglielo. Strinsi le labbra,

79

cercando di convincerle a muoversi, ma senza alcun risultato.

Mi sentii riempire di rabbia da capo a piedi, ma non dissi nient'altro. Quella sarebbe stata la mia punizione per aver fatto del male a Rosalind; che avessero creduto qualsiasi cosa volessero, tutti quanti.

* * *

Thorsteinn

SORREL MI DIEDE LE SPALLE, la mascella serrata. I suoi capelli scuri le coprirono il viso, nascondendola da noi.

Dovevi per forza interrompere? Vik mi lanciò contro il coltello, che rimbalzò sul mio petto dalla parte del manico; l'unica cosa che mi assicurò che non avesse avuto intenzione di uccidermi. Non che un semplice coltello avesse potuto uccidere un Berserker. Afferrai il coltello da terra, e presi a far scivolare la lama lungo il mio palmo. La lama affilata tagliò la carne, facendo comparire una linea rossa e pungente sulla mia pelle ruvida e callosa. Due secondi dopo, il taglio era sparito.

«Ho forse torto?» chiesi ad alta voce. «Sorrel, hai qualcosa da aggiungere?»

«No. Niente.»

Io inclinai un sopracciglio verso Vik. *Visto? Non si fida di noi.*

Non lo farà mai, se la stuzzichi così.

Tu la stuzzichi tutto il tempo.

In maniera diversa, però. Alzò la mano, facendomi cenno di tirargli indietro il suo coltello. Io lo lanciai verso un segno appena oltre la sua testa, ma lui lo afferrò a mezz'aria prima ancora che potesse arrivarci. *A lei piace il modo in cui la stuzzico. Quando lo fai tu, la ferisci e basta.*

Mi sentii mordere dal rimorso. Lo scacciai via. *Non ha importanza, fintanto che obbedisce.* Ad alta voce, invece, dissi, «È arrivato il momento di mettere all'opera le tue abilità da cacciatrice. Abbiamo bisogno di mangiare.» Mi liberai dell'arco e frecce che tenevo in spalla e lo gettai ai suoi piedi.

Lei lo raccolse, esaminando la sua nuova arma con attenzione. Vidi un bagliore di luce eccitata nel suo volto prima che lei potesse nasconderlo. «Pensavo fossi già andato tu, a caccia» disse, portandosi l'arco oltre la spalla.

«Ci sono andato, infatti», dissi. «Ma non per mangiare. Andiamo.»

Presi a camminare verso la foresta, quando d'improvviso qualcosa sfrecciò ad un palmo dal mio viso, colpendo un tronco d'albero. Una freccia, la sua punta piumata a tremare ancora ad un centimetro dalla mia faccia.

Mi girai, accucciato, guardandomi attorno, quasi come fossi pronto a balzare e combattere. Sorrel ricambiò il mio sguardo con uno di fuoco, uguale al mio. Con lentezza e calma totale, vidi il suo dito tirare la corda dell'arco. «Funziona ancora, sì» spiegò, come se quello fosse stato il motivo per cui mi avesse appena tirato contro una freccia. Se non fossi stato così arrabbiato da volerla sculacciare, quello che aveva appena fatto mi avrebbe reso incredibilmente orgoglioso di lei.

Vik scoppiò a ridere come fosse ubriaco. «Beh, sei stato tu ad armarla.»

«E tu le hai insegnato come si scocca una freccia!» risposi io, guardandolo male; lui non fece altro che ridere più forte.

«Questo non è vero!» protestò Sorrel, le sopracciglia aggrottate. «Ho imparato da sola. C'erano giorni, all'orfanotrofio, in cui ero costretta a cacciare se volevo mangiare, altrimenti non avrei mangiato proprio nulla. E condividevo ciò che avevo cacciato con le altre ragazze a cui era stato negato del cibo.»

Vik perse la sua contentezza, e smise di ridere. «Erano crudeli, con te», ringhiò. «Avremmo dovuto radere al suolo quel posto quando ne avevamo l'occasione.»

«Ormai è andato» disse Sorrel con calma, ma sul suo volto era ancora scritto il dolore di milioni e milioni di ricordi crudeli. «Il Re dei Morti lo ha distrutto, e sono morti tutti quanti. Almeno, questo è quello che i Berserker hanno detto a me e alle altre ragazze senza compagni. Sono morte tutte le suore. Tranne Juliet.»

«Hanno avuto ciò che meritavano», ringhiai io.

«Forse.» A testa china, Sorrel mi superò. Mi ci volle un solo passo per raggiungerla, e due dei suoi per tenere il mio.

«Non credi che abbiano ottenuto ciò che meritavano. Però loro ti hanno fatto del male.»

«C'ero abituata» disse lei, semplicemente. «Quantomeno non mi avevano mai promesso di prendersi cura di me soltanto per abbandonarmi e farmi comunque del male.»

Mi fermai di fronte a lei, interrompendo i suoi passi. «Non ti abbiamo mai abbandonata.»

«Mi avete lasciata sulla soglia della casa con tutte le ragazze senza compagni, e poi siete andati via.»

«Avevamo intenzione di tornare.»

«E fare cosa?»

«E tenerti con noi.» Portai un dito sotto il suo mento, alzandolo. Sorrel non incontrò il mio sguardo; non mi piacque quello distante e vuoto che vidi nei suoi occhi. «Reclamarti.»

«Non mi volevate. Loro non hanno fatto altro che prendermi in giro, per questo, fino a quando non l'ho capito anche io.»

«Chi te l'ha detto, che non ti volevamo? Chi è stato a prenderti in giro?»

«Non ha importanza. Quello che importa è che ve ne siete andati.»

«Ma siamo tornati.»

«Quando ormai era troppo tardi.» Sorrel si liberò dalla mia presa, e fece un passo avanti.

Io bloccai il suo cammino un'altra volta. «Non è troppo tardi», sibilai. «Tu appartieni a noi, Sorrel. Ti sottometterai. Ti arrenderai.»

Lei non rispose. Non ce n'era bisogno: la voglia di sfidarci era scritta a caratteri cubitali sul suo viso.

«Ti arrenderai, Sorrel» le promisi, e mi allontanai da lei.

CAPITOLO 3

 orrel

PASSAMMO IL RESTO DELLA GIORNATA A CACCIARE FINO A QUANDO IL SOLE NON COMINCIÒ A SCENDERE. Thorsteinn e Vik utilizzarono i loro coltelli da lancio, mentre io mi dimostrai più che all'altezza con il mio arco e le mie frecce. Alla fine ci dirigemmo nuovamente verso casa con i corpi della selvaggina che avevamo cacciato legati ad un bastone che pendeva dalla spalla di Vik.

Mi sentivo esattamente come loro, ferma in mezzo ai due guerrieri, come in trappola. Non avevano fatto nulla per sottolineare ancora una volta che avessi dovuto sottomettermi, ma la loro mera presenza me lo ricordava.

Soprattutto quando, d'improvviso, Thorsteinn mi spinse dietro un masso e fece pressione sopra le mie spalle. «Inginocchiati» sussurrò duramente. Io lo guardai male, ma i suoi occhi non erano su di me.

«Altri guerrieri» mormorò Vik, e lì capii subito. Non

85

avrei dovuto essere in giro per i boschi, libera e felice, insieme a quei due guerrieri. Io ero prigioniera; avrei dovuto essere rinchiusa, legata, gettata in una fossa, o qualsiasi cosa fosse che quel branco considerava come punizione.

Sprofondai dietro la roccia, stringendomi le gambe al petto.

«Ferma», ordinò Thorsteinn, come fossi un animale. Sparì prima ancora che potessi dirgliene quattro. Il vento mi portò alle orecchie saluti urlati e frammenti di conversazione. Io aspettai, ascoltando; era così che sarebbe stato sempre? A nascondermi quando qualcun altro si faceva vivo, mai libera di poter vagare da sola, sempre disprezzata ogni volta che qualcuno finiva con il vedermi? Finora, le punizioni di Thorsteinn e Vik erano state leggere. Ma che vita avrei potuto avere se fossi rimasta? Se anche mi fossi legata a loro, se così fosse andato per sempre, che cosa ne sarebbe stato di me? Sarei mai riuscita a lasciarmi ciò che era successo alle spalle? A tornare a far parte del branco, del gruppo di amiche che ancora avevo? Nessuno credeva che fossi innocente. Accovacciata dietro la roccia, intenta ad ascoltare sprazzi di conversazione che in realtà non avrei dovuto sentire, dovetti realizzare, infine, che gli stessi guerrieri che avevano deciso di salvarmi si vergognavano di me.

Strisciai intorno ai massi, cercando di guardare meglio. Il vento si fece più forte, portando con sé un suono piacevole— una voce più leggera, da donna, melodiosa come una canzone. Veniva da dietro di me. Abbassandomi per assicurarmi di restare nascosta dietro le rocce, mi infilai dietro una linea di cespugli e strisciai fino a che l'altezza dei cespugli non mi permise di alzarmi del tutto. Lì, al di là di un boschetto di rovi, vidi una forma di donna alzarsi e piegarsi. Una casalinga, intenta a lavorare il giardino con una zappa. Si alzò e si asciugò la fronte con un braccio scurito dal Sole, e solo quando quello tornò al suo posto e lei girò il viso riuscii a riconoscerla.

«Hazel...» sussurrai. «Hazel!»

La vidi trasalire, e alzare la zappa come fosse un'arma. La cosa mi fece sorridere: Hazel era sempre stata una delle orfane più coraggiose.

Hazel scrutò tra i cespugli, e quando mi vide, i suoi occhi si spalancarono dalla sorpresa. «Sorrel? Che fai qui? Ti stai nascondendo?»

«Non più. Sono stata catturata. Le mie guardie sono vicine» dissi, facendo cenno con il pollice verso Thorsteinn e Vik, che speravo non si fossero accorti della mia assenza.

«Stai bene? Il mio compagno mi ha detto che sei stata quasi presa dal Re dei Morti. Di nuovo.» Mi sembrava... preoccupata. Forse non aveva sentito ciò che avevo fatto. Oppure, forse credeva che non avrei mai fatto una cosa del genere se non ne avessi avuto un buon motivo. «Che cosa è successo?» mi chiese, scacciando via dal viso una ciocca di capelli e, con quel gesto, macchiandosi la guancia di fango.

Non avrei dovuto dirle la verità, eppure, lì davanti a me con quell'espressione preoccupata non riuscii a ripagare quello sguardo con delle bugie.

Così le dissi la verità. «Rosalind è scappata per lasciare la montagna, ed io le sono andata dietro.»

«Dici davvero?» mi chiese, gli occhi adesso più grandi. «Che motivo avrebbe avuto di scappare?»

«Non saprei» dissi; avevo i miei sospetti, ma sarebbe stato meglio tenere quelli per me.

Hazel si morse il labbro, distogliendo lo sguardo. Sapevo già cosa avrebbe detto, prima ancora che le parole potessero lasciare le sue labbra. «In giro dicono che sei stata tu ad ucciderla.»

I miei occhi si spalancarono dal terrore. «È morta?»

«Non ancora. Sorrel, che cosa è successo davvero?»

Mi avvicinai di più a lei, così che il vento non portasse con sé le nostre voci. «Non posso dirvelo. Non posso... Forse, se lei si sveglia...»

«Dimmi solo una cosa» m'interruppe lei, inchiodando i suoi occhi ai miei. «Hai provato ad ucciderla?»

«No» le dissi con fermezza, e fu una tale bella sensazione, poter finalmente rispondere a quella domanda. Hazel era stata la prima e l'unica, fino a quel momento, a chiedermelo direttamente. Tutti gli altri non avevano fatto altro che darlo per scontato.

«Ma l'hai colpita, però?»

«Ho dovuto, Hazel. Non l'avrei fatto se non avessi dovuto. Devi credermi, ti prego...» *Per favore, credimi, almeno tu, anche se nessun'altro vuole farlo.*

Ci fu una pausa; poi Hazel annuì con decisione. «Ti credo.»

«Sorrel?» mi chiamò una voce dura, distante. Vik.

«Devo andare, adesso» sussurrai, e mi spinsi verso i cespugli da dove ero venuta senza dire un'altra parola.

Inginocchiandosi, Hazel mi chiamò con voce soffice, bassa. «Sii prudente, amica mia.»

Tornai indietro nello stesso modo in cui ero arrivata, e raggiunsi il posto in cui i guerrieri mi avevano chiesto di restare solo un attimo prima che la testa di Vik facesse capolino e mi chiamasse a sé.

«Vieni, andiamo.»

«Continuiamo a cacciare?» chiesi io, mettendomi dritta e scostando via dalla mia giacca le foglie dei cespugli che mi erano rimaste addosso, sperando che lui non lo notasse.

«Certo che sì.» Afferrando la mia mano, Vik allungò il passo fin quando io non fui costretta a correre, per poterlo tenere.

«Pensi che sia saggio?» Dietro di noi, Thorsteinn aspettava

sul viale che noi tornassimo. Lo avevo visto dare una pacca sulla spalla al nostro visitatore improvviso con un sorriso, quasi amichevolmente, ma adesso aveva la fronte aggrottata, e sembrava infastidito. «Il branco non vuole vedermi punita?»

«Oh, abbiamo detto loro che sei legata in una gabbia troppo stretta per poterti muovere», disse Vik.

Io trattenni il respiro, ma quando lo vidi scoccarmi un occhiolino, capii che mi stava soltanto prendendo in giro.

«Le gabbie non mi fanno paura», lo informai comunque. «Mi ci farei un pisolino.»

«Non ci sarebbe tempo per alcun pisolino, per te, nella gabbia che ho in mente io» mormorò lui, con tono oscuramente allegro. «Ma quella non sarebbe una punizione. Lì dentro non troveresti altro che piacere.»

«Che diavolo di gabbia sarebbe, quella?» chiesi, fermandomi di colpo sul sentiero. Vik ridacchiò e mi spinse in avanti, esortandomi a continuare.

«Comportati male, e lo scoprirai. E per quanto riguarda il branco, non preoccupartene; lascia che ad occuparcene siamo noi» disse, alzando il tono quando raggiungemmo Thorsteinn. «Se ci resti vicina, e fai ciò che diciamo, allora starai bene.»

«Disobbedire ha le sue conseguenze» intonò Thorsteinn, ed io fui a tanto così dal fargli una linguaccia.

Per il resto della giornata non facemmo altro che cacciare, fermandoci soltanto per bere e mangiare e riempire le nostre borracce di acqua fresca e pulita. O eravamo in un angolo troppo appartato della montagna per incontrare qualcuno, oppure Thorsteinn aveva detto al branco di lasciarci in pace, perché nel nostro cammino non vedemmo nient'altro che uccelli, scoiattoli e conigli.

«Sei brava, con l'arco» mi disse Thorsteinn quando mi vide abbattere altri tre scoiattoli con un tiro pulito e netto

89

alle loro teste. Mi sentii arrossire a quel suo complimento sincero. «Ci sai fare.»

«Ho fatto tanta pratica» gli risposi brevemente. Sentii la sua mano accarezzarmi piano i capelli, quasi pensieroso.

«Una volta ci hai detto di aver avuto intenzione di scappare dall'abbazia; di vivere da sola, selvaggiamente.»

«Ed era così. Avevo le mie armi, arco e frecce che avevo fatto io stessa, e stivali e pantaloni che avevo cucito da me.» Andai a raccogliere la mia ultima preda, e la consegnai a Vik perché potesse fissare anche quella sul bastone. «Raccoglievo tantissime provviste, e le mettevo da parte per nasconderle alle suore.»

«È per questo che sei stata punita? Perché le hanno trovate?»

«No.» Sussultai, tremante, al pensiero di ciò che le suore avrebbero fatto se avessero mai trovato il mio nascondiglio. Non avevo dubbi che, come prima cosa, mi avrebbero rinchiusa lì dentro, in quel ripostiglio buio, o nel pozzo vuoto fuori in giardino. Portavo ancora i ricordi degli incubi che quelle due punizioni—che avevo sofferto bene, e da bambina—mi avevano causato. Era proprio per quel motivo che avevo deciso di nascondere le mie cose nel ripostiglio buio; nessuno avrebbe mai creduto che sarei tornata nel posto in cui avevo sofferto le punizioni peggiori. «Mi punivano per altro.»

«Tipo?»

Io scrollai le spalle. «Qualsiasi cosa volessero. Non mi comportavo bene mai.»

Thorsteinn aprì la bocca, pronto a commentare, quando un segnale da parte di Vik lo portò a tirarmi dietro un albero per nascondermi.

«Cinghiale» disse in un filo di voce, indicando una forma enorme intenta a muoversi pesantemente alla base di un castagno. Ad un suo cenno, io afferrai arco e frecce, pronta ad attaccare.

«Devi ucciderlo in fretta; è enorme. Non sapevo che ce ne fossero ancora di queste dimensioni in questa parte della montagna.» Lo vidi sorridere. «Thor deve essere dalla nostra parte, oggi.»

Sbirciando da oltre il pino, alzai l'arco e presi la mira. Di fronte ai miei occhi c'era un cespuglio che mi bloccava la vista, impedendomi di fare un tiro pulito. Continuai a puntare l'arco, aspettando che il cinghiale si muovesse.

«Porta pazienza», mormorò Thorsteinn.

Io strinsi i denti. Le mie frecce erano più adatte a prede di taglia minore, ma se fossi riuscita ad uccidere quel cinghiale… Aspettai, sentendo la tensione crescere ad ogni secondo. Se lo avessi ucciso, che cosa avrei provato? Che ero brava come cacciatrice? Avrei reso fieri i due guerrieri? Mi avrebbero detto di essere orgogliosi di me? Per un attimo, un singolo attimo, il cinghiale sembrò cambiare forma di fronte ai miei occhi, trasformarsi in Rosalind. La mia compagna orfana. Era stata sempre molto crudele nei miei confronti, ed io non avevo fatto altro che cercare di evitarla per tutta la vita, ma alla fine eravamo sempre state più simili che differenti. Le ragazze con le quali ero cresciuta erano state l'unica famiglia che avessi mai avuto. Anche quando Rosalind mi tormentava, restava sempre come una sorella, per me.

Non avevo voluto farle del male. Non era stata colpa mia. Non avevo scelto io di scappare. Io avevo soltanto deciso di seguirla, perché volevo salvarla, assicurarmi che restasse al sicuro. Avevo provato a convincerla a tornare a casa con me. Lei mi aveva ignorata, e aveva continuato a marciare spedita. L'unica cosa che avevo fatto era stata non lasciarla da sola.

Stava andando dritta verso il Re dei Morti, ed io l'avevo seguita. L'avevo persino aiutata, in qualche modo. Quello mi rendeva una traditrice tanto quanto lei?

Sentii le braccia farsi pesanti, e abbassai l'arco.

«Non ce la faccio», gracchiai. Avevo davvero colpito Rosalind. Alla fine dei conti, non l'avevo protetta per niente.

«Che cosa succede, piccola guerriera?» mi chiese Thorsteinn, la sua mano ad accarezzarmi dietro il collo.

«Dicci tutto. Noi ti ascolteremo.»

«Sono stata io», sussurrai. «Ho provato ad uccidere la mia stessa amica. Non volevo... Non volevo farlo. Ma lei non mi ha dato altra scelta.»

«È stata legittima difesa?» mi chiese Vik.

Mi morsi il labbro, perché volevo dire sì; sì, lo era stato, ma come avrei potuto dirlo senza chiamare Rosalind una traditrice?

D'improvviso, non riuscii più a sopportare il silenzio. Alzai di nuovo l'arco e scoccai una freccia; la vidi volare senza alcuna meta, e solo l'urlo arrabbiato del cinghiale mi fece capire che lo avevo colpito.

Thorsteinn mi spinse dietro di lui. «Non farti vedere», mi ordinò. Il cinghiale si agitava e calpestava per terra, squarciando con forza il cespuglio dietro il quale si era nascosto. Poi prese a correre: era diretto proprio verso di noi.

Imprecando, Thorsteinn mi spinse indietro. «Corri!»

Cominciai a fuggire, ma mi guardai indietro: Thorsteinn rimase fermo, proprio di fronte al cinghiale. Aveva intenzione di restare lì a fermare il cinghiale, o a morire provandoci, mentre io correvo via. Come una codarda.

Con braccia tremanti, alzai l'arco un'altra volta e presi la mira. Il cinghiale scattò verso Thorsteinn, che rimase fermo. La sua figura si trasformò in quella di Rosalind, il cinghiale invece uno scheletro maledetto, vestito di nebbia... Se avessi mancato, se avessi sbagliato il tiro, avrei colpito Rosalind. Ed io non volevo colpirla. Non era forse vero?

«Sorrel!» urlò Thorsteinn, e la sua voce mi riportò alla realtà, dove non c'era la nebbia, dove non c'erano scheletri.

C'era solo la luce del Sole. Solo Thorsteinn e un cinghiale così tanto grande da far tremare il terreno con i suoi zoccoli. «Sorrel, scappa!»

Perché stava urlando contro di me? Non vedeva il cinghiale che quasi gli era addosso? «Fa' attenzione!» urlai.

Con un urlo che mi fece tremare il cuore, Vik saltò fuori da un cespuglio. L'ascia che impugnava tra le mani scintillò sotto la luce del Sole prima che cadesse con forza sul cinghiale. La grande bestia si voltò, le zanne rivolte verso il guerriero barbuto e, distratto, mancò per pochissimo Thorsteinn. Vik saltò sulla sua schiena. Il cinghiale ruggì, e Vik scoppiò a ridere come un pazzo, affondando la sua ascia nella pelle irta dell'animale.

Thorsteinn si fece avanti, lanciando una piccola lama nel fianco dell'animale. I due guerrieri caddero su di esso insieme, e insieme gli tagliarono il collo. Io indietreggiai sempre di più, sempre più all'ombra dei pini.

Lasciando cadere per terra arco e frecce, alla fine scappai davvero. Avevo sbagliato un'altra volta. Avevo fallito di nuovo; un altro peccato sulla mia testa. Mi sentivo soffocare sotto il loro peso.

Corsi fino a quando il terreno non si fece scivoloso, ed io caddi. Mi aggrappai ai rami circostanti per rallentare la mia discesa scivolosa; alla fine, il tronco di un cespuglio si piegò e mi si attorcigliò alla vita, proprio un attimo prima che la discesa mi portasse completamente giù, oltre il dirupo roccioso verso il quale stavo andando a finire. Attorno a me non c'era nient'altro che il Cielo blu, e una caduta mortale.

Con il cuore che batteva a mille, mi sporsi oltre con la testa: il pendio dal quale stavo scivolando si fermava in modo brusco, e sotto ess non c'era altro che una scogliera a strapiombo. Non c'era da meravigliarsi che su quel lato della montagna non ci fosse mai nessuno: non c'era motivo di pattugliare da quel lato, quando qualsiasi nemico avesse provato ad attaccare sarebbe caduto verso la sua stessa morte.

Ma se qualcuno di esile e piccolo, e bravo ad arrampicarsi, avesse provato a farsi strada verso il basso... non ci sarebbe stato nessuno ad impedirgli di scappare via.

«Sorrel!» Il grido roco dei miei guerrieri arrivò alle mie orecchie. Mi stavano cercando. Risalii il pendio e scacciai via dalla mia giacca le foglie che mi erano rimaste attaccate addosso, mentre mi facevo nuovamente strada verso di loro.

Loro ti hanno lasciata, sussurrò oscuramente una voce, stringendosi con forza intorno a quella corda misera, piccola e debole che rappresentava la mia speranza, disfacendola piano piano. Quella stessa frase l'avevo sentita ripetere milioni di volte, dentro la casa delle ragazze senza compagni. Rosalind non aveva fatto altro che tormentarmi così.

Trovai il cinghiale appeso a testa in giù su un albero, pronto per essere trasformato in cena.

«Sorrel!» Vik conficcò l'ascia sul tronco di un albero e corse verso di me, fermandosi un attimo prima che la mano coperta di sangue potesse poggiarsi sulla mia guancia. «Non sei ferita.»

«Sono scappata via», dissi. «Mi dispiace. Non sono stata d'aiuto—»

«Hai fatto la cosa giusta» mi disse Thorsteinn. «Sono stato io a dirti di scappare.»

«Sì», concordai. Ma mi sentivo lo stesso una codarda.

«Forse non dovremmo portarla a caccia con noi» disse Vik, inginocchiandosi per potersi pulire le mani. «È troppo pericoloso.»

«Sorrel se la cava molto bene» disse Thorsteinn, guardandomi con quei suoi occhi di granito. Cosa mai riusciva a vederci, in me?

Tremai, e mi strinsi con forza le braccia intorno al corpo.

Vik mi poggiò una pelliccia sulle spalle, stringendomela intorno, comportandosi come fossi la sua bambola.

«Taglieremo il cinghiale, presto, e nel frattempo accenderemo un fuoco. Puoi aiutarci, piccola guerriera?»

Io annuii.

«Restaci vicina. Abbiamo dovuto chiamare alcuni del branco per aiutarci a trasportare il cinghiale, e non è il caso che ti vedano qui.»

Sentendomi completamente miserabile, non potei fare altro che annuire e accettare.

Mentre i guerrieri si occupavano della carne che avevamo cacciato, io presi a vagare tra gli alberi, raccogliendo legname per il fuoco. Vik e Thorsteinn stavano prendendo in considerazione l'idea di cucinare la carne proprio lì. Forse avrebbero costruito un falò così grande da far paura, per celebrare la loro caccia. Avrebbero poi chiamato i loro compagni guerrieri per festeggiare insieme, per bere e mangiare. Certo, prima di farlo avrebbero dovuto legarmi ad un albero, altrimenti il branco non sarebbe stato contento; del resto, io non ero altro che un cane disobbediente. Non sarei mai più stata benvenuta, né dentro né fuori da lì.

Non ero più voluta da nessuna parte. Allontanandomi dagli occhi dei guerrieri, lasciai cadere la legna che avevo raccolto. Mi faceva male la testa. Mi faceva male persino il corpo, che aveva deciso di pulsare lì dove c'erano vecchie ferite. Sarebbe stato così bello lasciarsi semplicemente cadere, e fingere che niente di tutto quello fosse reale.

Ero entrata all'interno della nebbia. Fredda e densa, mi ricordava quella del Re dei Morti. Mi sdraiai per terra, sentendomi immediatamente prendere dal sollievo; chiusi gli occhi, e finsi. Finsi che niente stesse succedendo; finsi di essere morta.

Sentii un corvo gracchiare nelle vicinanze. Rotolai, e mi resi conto di quanto vicina fossi al bordo della scogliera. Se solo mi fossi lasciata cadere, più di una persona sarebbe stata libera da tutti i problemi che io avevo causato.

Mi coricai ancora una volta di schiena sul terreno morbido. La nebbia mi accarezzava il viso, nascondendomi come fosse un velo mortale. Vik e Thorsteinn erano troppo impegnati con la selvaggina, troppo impegnati a prepararla per poterla trasportare. Ad un certo punto sarebbero venuti a cercarmi, ma io non riuscivo a trovare la forza di affrontarli ancora.

D'un tratto, tutto ciò che riuscii a pensare fu di scappare.

Stringendo forte il cespuglio, mi sporsi. Non ci sarebbe voluto molto; dovevo solo stare attenta mentre scendevo. Trovando i giusti appigli, un corpo leggero come il mio non avrebbe avuto alcun problema a scendere da quel dirupo. Neanche i Berserker avrebbero potuto seguirmi, quantomeno non abbastanza in fretta da riuscire a riprendermi.

Avrei potuto essere libera. E i miei due guerrieri non avrebbero più dovuto preoccuparsi di me. Avrebbero potuto scegliersi un'altra compagna, una senza tutti questi problemi. Faceva male anche solo pensarlo, ma per allora io sarei stata abbastanza lontana. Magari li avrei anche dimenticati. Avevo tutte le capacità per poter vivere in maniera selvaggia. E, ironicamente, erano stati proprio i miei guerrieri a perfezionare quelle capacità.

Se avessi incontrato la mia morte nel cammino, così sia. Nessuno mi voleva, in ogni caso.

Sorrel, sentii una voce disperata sussurrarmi nella testa. Mi sentii tornare un attimo nella realtà, riprendere le redini della mia coscienza, come quella voce fosse un fascio di luce oltre la fessura di una porta semichiusa. Io la sbattei del tutto, chiudendola completamente prima che potesse afferrarmi.

Era arrivato il momento di andare.

Scivolai giù per la collina, la fuga l'unico pensiero dentro la mia testa. La nebbia mi circondava, scorrendomi intorno, due torrenti bianchi ad attorcigliarsi sul mio corpo. Per un attimo, soltanto un attimo, sentii il tanfo di marcio…

La mano scheletrica si allungò verso di me, chiamandomi a sé—

Mi sedetti diritta. Mi trovavo sul crinale della scogliera, le gambe a penzoloni oltre il bordo. Che ci facevo lì? Mi faceva male la testa.

Salta… mi sussurrò quella voce sinistra dentro la testa. Ma non potevo farlo davvero; io non volevo morire. Volevo soltanto vivere una vita pacifica. Una vita da sola, immersa nella foresta, dove potermi occupare di me. Da sola, lontana da tutti.

E allora scendi giù…

Sentii il vento fischiare lungo le rocce. Molto sotto di me, la nebbia era lì, spessa come una nuvola, ferma ad attendermi. Massaggiai le tempie doloranti. Non potevo davvero prendere in considerazione l'idea di scendere giù. Sarei morta di certo.

Mi tirai indietro, e la nebbia si avvolse dietro di me, davanti a me, come un serpente pronto a colpire.

Non puoi tornare indietro. Thorsteinn e Vik non ti vorranno mai più.

Mi strinsi su me stessa, premendo una mano sul petto per cercare di far calmare il dolore che sentivo all'altezza del cuore. Quella voce aveva ragione. Non avrei mai potuto essere la compagna che meritavano di avere, quella che volevano davvero. L'unica cosa che potevo fare era scappare. Adesso. Scendere lungo la scogliera; la nebbia mi avrebbe mostrato la via.

Tenendomi stretta ad una radice sul terreno, allungai una gamba alla ricerca del mio primo appiglio… e la radice si spezzò sotto le mie dita. Arrancai, stringendo il terreno con le unghie e con i denti. Per un attimo, sentii i piedi scalciare l'aria; poi persi la presa, e caddi.

Atterrai su di una pietra sporgente. Il vento mi ululava

attorno, ma ero salva; almeno fino a quando non allungai il viso oltre la roccia per valutare quanta strada ancora avessi, e mi sentii pervadere dalle vertigini.

Vai piano. Non fare la stupida. Belle cose da pensare quando una si trovava sospesa sull'orlo di una caduta decisamente mortale. Era stata un'idea stupida, quella di provare a scalare la scogliera. Che cosa diavolo mi aveva preso? Cosa mi aveva posseduto, che mi ero ritrovata a provarci?

Inutile puttana, sibilò un'altra voce. *Scappa prima che ti facciano del male. Non ti vuole nessuno. Anche se muori, non mancherai a nessuno.*

Un altro ricordo; lo sentii scalciare oltre la nebbia, per tornare da me. *Vieni a me.* Quella mano scheletrica a chiamare, ma non me; no, Rosalind. La nebbia intorno a noi, così stretta da entrarci dentro le ossa.

Il Re dei Morti si è fatto potente, mi avevano detto i guerrieri. La montagna era impregnata di magia, protetta da lui, ma questa era già la seconda volta che mi ritrovavo ad affrontare quello stesso nemico. Poteva essere possibile che tutto quanto fosse soltanto nella mia mente?

No. Non era possibile, perché era vero: in quel momento io mi ritrovavo sospesa in una scogliera, pronta a morire anche se non l'avevo mai voluto. Era imbarazzante, quanto facilmente mi ero lasciata sedurre dalle parole del Re dei Morti.

E adesso dovevo trovare un modo per riportarmi su, il che sembrava semplice, come impresa, rispetto all'idea di dover spiegare ciò che era appena successo ai miei guerrieri.

I miei piedi presero a raschiare sulle rocce, ma mentre cercavo un appiglio, persi l'equilibrio; la roccia sotto le mie mani si staccò. Io gridai, schiacciandomi contro la parete, i miei piedi a scavare ancora e ancora alla ricerca di un appiglio. La mia mano sinistra era l'unica a tenermi ancora in vita, e anche quella stava scivolando inesorabile. Se fosse successo, niente si sarebbe più frapposto tra me e la mia caduta verso la morte.

Il vento si fece ancora più forte, sferzandomi, freddo e tagliente come mille coltelli. La roccia mi graffiò la guancia. Ero stata una tale stupida. Ci avevo provato di nuovo; avevo provato a scappare. Perché?

La nebbia. Il pensiero mi si strinse in gola. *Ti sei coricata per terra, e la nebbia ti ha avvolta. La stessa nebbia che ha avvolto te e Rosalind quella notte.*

Sono capitate cose ben più strane, mi aveva detto Vik. Sentii la sua voce, ora, come fosse proprio dietro di me, come fosse dentro le mie orecchie. *Sorrel—pensi che la magia abbia qualcosa a che fare con tutto questo?*

Se fossi riuscita a sopravvivere, quella sera, promisi a me stessa che avrei detto loro la verità. Gli avrei detto ogni singola cosa.

Ma prima avrei dovuto sopravvivere...

Un'enorme mano si materializzò dal nulla, staccandomi via dalla parete rocciosa.

Il mio rapitore mi alzò in aria, ed io mi trovai faccia a faccia con un mostro. Nero, con una striscia argentata in quel muso lungo. Thorsteinn. Era arrabbiato; i suoi occhi dorati fissi nei miei.

Aprii la bocca, e lui ruggì. I capelli mi volarono dietro il viso, ed io chiusi di scatto la bocca. Okay, non era il momento di spiegare.

Thorsteinn mi portò indietro, dove Vik aspettava intorno al fuoco, braccia strette al petto. Io abbassai il capo, così che non dovessi guardarlo negli occhi.

Sorrel, mi chiamò di nuovo quella voce. Era quella di Vik, decisamente. Lo avevo sentito nella mia testa, insieme alla voce del Re dei Morti. Stavo perdendo la testa?

Vik s'inginocchiò di fronte a me, guardandomi con attenzione negli occhi.

«È in stato di shock. Che cosa è successo?»

«L'ho afferrata mentre cercava di scappare. Era arrampicata alla scogliera.»

«Non stavo cercando di scappare», protestai io. «Sì, okay, all'inizio ci ho provato, ma poi ho capito che sarebbe stato inutile e ho provato a fermarmi.»

«Non abbastanza in fretta» ringhiò Thorsteinn, ed io trasalii. «Sappiamo che non vuoi fare altro che andare via e scappare. Ma non possiamo tollerare che tu ti metta in pericolo nel frattempo.»

Ma io non volevo scappare, però. Non fino a quando non avevo sentito la voce del Re dei Morti rimbombare dentro la mia testa. Lì, accanto ai miei guerrieri, tutto si fece improvvisamente più chiaro. «Mi dispiace… Per tutto.»

«Lo sappiamo», mormorò Vik. »Sorrel… puoi dirci cos'è successo, per favore?»

«È stata la nebbia» dissi io. «La nebbia mi ha fatto sentire… pesante. Ha confuso i miei pensieri, li ha resi… diversi.»

«Sì?» mormorò Vik.

«Penso di sapere con che cosa abbiamo a che fare» ringhiò Thorsteinn. Era tornato completamente umano, ed era intento a fare la treccia ai suoi lunghi capelli. «Il Re dei Morti ha tante armi.»

«La nebbia mi ha detto—» cominciai, fermandomi poi di colpo.

«Continua» mi esortò Vik con gentilezza.

«Mi ha detto che in realtà non mi volete. Che sarebbe stato meglio scappare… e morire…»

«Ascoltami bene, piccola guerriera» disse Thorsteinn, e me lo ritrovai addosso in un secondo, infuriato. «Tu appartieni a noi.»

Io strinsi le mani sul mio grembo. «Non potete davvero desiderare di tenermi con voi…»

«Hai creduto a delle bugie, Sorrel» insistette Vik. «Il Re dei Morti ti è entrato in testa, ha confuso i tuoi pensieri. Ma non è abbastanza forte da sconfiggerti del tutto.»

«Pensavamo fosse stato lui ad innalzare dei muri contro di noi, ma in realtà quei muri sono tutti tuoi. E li butteremo giù, ad uno ad uno, costi quel che costi. Li distruggeremo insieme.»

Li vidi scoccarsi un'occhiata, prima di farsi improvvisamente rigidi.

Fu allora che lo sentii, il rumore di rami calpestati all'interno della foresta. Qualcuno si stava dirigendo verso di noi, senza preoccuparsi di fare silenzio.

«Stanno arrivando», avvertì Vik.

«Non possono vederla in questo stato» disse Thorsteinn, cercando di togliere le foglie dai miei vestiti. Avevo tutta l'aria di essermi rotolata sul terreno, giù da un pendio... che era proprio ciò che avevo fatto.

«È il momento di mettere su uno spettacolo. Lo puoi fare, vero, piccolo lupo? Puoi fingere?» Vik mi afferrò il mento, sprofondando gli occhi nei miei, guardandomi in un modo strano, come mi stesse pregando.

«S-sì...?» balbettai io, guardando da uno all'altro. Cosa stavo accettando di fare, esattamente?

«E allora combatti contro di me» ringhiò Thorsteinn, e scattò all'attacco.

L'orda di Berserker arrivò da noi così, trovando me e Thorsteinn intenti a combattere. Thorsteinn aveva i vestiti strappati a causa della caccia; io, invece, stavo cercando di scappare dalle sue grinfie. Vik salutò i guerrieri in visita. Non avevo dubbi che mi stessero guardando tutti male. Uno riuscii a riconoscerlo; veniva spesso al rifugio delle donne non accoppiate.

«Jarl, non c'era bisogno di lasciare la tua postazione.»

«Oh, volevo vedere come ve la cavavate con il vostro carico», ridacchiò Jarl.

Per un momento mi dimenticai di dover respingere Thorsteinn, e lui andò all'attacco, alzandomi dalla giacchetta come fossi un gattino ormai in trappola. Naso contro naso con lui, finsi di volermi liberare dalla sua presa. «Seguirai i nostri ordini», ringhiò lui.

«Non sono un animale domestico!» risposi io, e quella litania arrabbiata che dicevo sempre era facile da ripetere. Ma quella volta, per la prima volta, dovetti utilizzare tutte le forze che avevo per nascondere un sorriso.

«Oh» sibilò Thorsteinn, fingendosi arrabbiato. «Ma lo sei.»

«Vedo che non è ancora molto addomesticata» disse Jarl.

«No. Ma è meglio quando combattono» disse Vik. «A noi piace.»

Con gli occhi fissi in quelli di Thorsteinn, gli diedi un calcio. Lui si scansò giusto in tempo, prima che potessi colpire le sue parti basse, e mi lasciò andare. Io rotolai per terra e provai a scappare via.

«Basta!» tuonò Thorsteinn, ma io continuai nella mia fuga, solo per ritrovarmi con i piedi per aria mentre lui mi teneva stretta, la schiena contro il suo petto. «Basta» sussurrò poi al mio orecchio, stringendo il mio lobo con i denti con delicatezza. Mi sentii incendiare da capo a piedi, e mi lasciai andare, morbida, tra le sue braccia.

Ma mi feci rigida un'altra volta quando capii che mi stava riportando verso gli altri guerrieri.

«Avrei dato per scontato che vi sareste stancati di una compagna così incline a dare problemi» disse Jarl.

«No» rispose Thorsteinn, rimettendomi a terra e stringendomi dalle spalle, per tenermi di fronte a lui. «L'abbiamo lasciata andare già una volta. Non lo faremo più.»

«Ho un messaggio per lei, da una delle profetesse» disse Jarl.

Io trattenni il fiato, ma continuai a guardare i miei piedi. Se avessi alzato lo sguardo su Jarl, lui avrebbe potuto pensare che stessi cercando di sfidarlo. Thorsteinn e Vik mi avrebbero protetta, certo, ma non sarebbero stati contenti.

«Che messaggio?» ringhiò Vik.

«Juliet manda i suoi saluti» disse Jarl. Poi i suoi occhi si fissarono su di me. «E dice: 'Perdonami. È stata colpa mia.' Dimmi, Sorrel» continuò, piegandosi per potermi guardare in faccia. «Perché Juliet dovrebbe dire una cosa simile?»

«Questa non è una domanda alla quale dovrebbe rispondere Sorrel» rispose Thorsteinn, spingendomi contro di lui. «Certamente, è una domanda che dovrebbe essere rivolta a Juliet.»

«Sorrel conosce la risposta. Tiene dei segreti!» disse Jarl, puntandomi contro un dito come fosse una lancia.

«È un nostro problema, questo. Non tuo.»

«Non se vado dagli Alpha e convinco loro che è arrivato il momento di farle altre domande.»

«Tu fallo», avvertì Vik, «e noi richiederemo che anche Juliet venga chiamata in udienza. Dopo quello che ha detto, avrebbe certamente senso.»

Jarl ringhiò. Ci teneva, a Juliet. «Juliet non ha fatto niente di male. Faremo parlare Sorrel, in un modo o nell'altro.»

«Voi non *farete* proprio niente. Non le metterete neanche un dito, addosso. Sorrel è una nostra responsabilità, e ce ne occupiamo noi» rombò Thorsteinn.

«E ve ne state occupando? Non sembra né spaventata né domata. Non vedo segni di punizioni, su di lei.»

«Non ne vedi? Ti mostrerò, allora, come rispondiamo alla sua disobbedienza.» Thorsteinn mi girò per guardarlo, e lo spettacolo partì un'altra volta. «Sei scappata via da me.»

Io gli mostrai i denti, e ringhiai come un animale. Vik fece scivolare una mano sulla sua barba, per nascondere il suo sorriso; Thorsteinn, invece, rimase severo come sempre.

Ancora stretta tra le sue mani, Thorsteinn liberò uno degli anelli stretti sui suoi bicipiti. «Ancora e ancora ti abbiamo dato la possibilità di obbedirci, e ancora e ancora tu continui a non accettare la nostra protezione», intonò. «Questa montagna è piena di guerrieri che ti vogliono morta. Se continui a non accettare che siamo i tuoi padroni, allora saremo costretti a legarti e a costringerti ad obbedirci fino a quando non lo farai.»

«Ma—» cominciai, ma mi zittii quando lui mi scosse.

«Continui ad insistere a comportarti come un animale selvaggio?» Alzò in alto quell'anello d'argento. «Bene, allora. Ti tratteremo come tale.» Aprendo l'anello, lo posizionò intorno al mio collo. «Datemi la corda.»

Aprii la bocca per protestare, ma Thorsteinn mi zittì con una semplice occhiata di fuoco.

«Jarl» chiamò Vik, allungando la mano. Fu in quel momento che capii: i Berserker erano venuti con noi con una catena, per potermi legare. Thorsteinn si sarebbe assicurato di far vedere loro che l'avrebbero usata—ma soltanto loro due mi avrebbero toccata.

Jarl diede a Vik una corda lunga d'acciaio. Vik aprì l'ultimo anello a mani nude, e diede la corda a Thorsteinn, che la legò all'anello che avevo intorno al collo. Quando fecero un passo indietro, io avevo addosso un collare e un guinzaglio. Come fossi un cane.

Thorsteinn parlò di nuovo. «Vieni», ordinò, strattonando la corda. Era troppo.

Fidati di noi, sentii la voce di Vik sussurrare dentro la mia testa.

Provai ad afferrare la catena, e Vik strinse le mie mani dietro la schiena. «Toccala, e sarò costretto a legarti i polsi così.»

104

«Non sono un cane!» sibilai io.

«No», mormorò Vik. «Ma appartieni a noi. E se continui a comportarti come un lupo selvaggio, allora noi ti tratteremo come il nostro animale domestico.»

Thorsteinn schioccò le dita. «Vieni.»

Dovetti ammettere che il branco sembrava parecchio colpito dal modo in cui i due guerrieri mi stavano trattando.

Presi a camminare dietro Thorsteinn, sperando con tutto il mio cuore che non avessero deciso di portarmi in quel modo per tutto il tempo, fino a casa.

CAPITOLO 4

 orrel

CI DIRIGEMMO VERSO CASA, Thorsteinn a tirarmi per il guinzaglio e Vik di fronte a noi. Quando raggiungemmo il grande albero, mi misero immediatamente dentro il cestello. Solo quando fummo finalmente dentro casa Thorsteinn mi liberò della corda. Aspettai che togliesse anche il collare, ma lui lo lasciò intorno al mio collo. «Voglio che indossi qualcosa di nostro.»

«Ma...»

Thorsteinn si sporse per catturare le mie labbra in un bacio. «Sei stata brava», disse, accarezzandomi il viso con il suo, barbuto. «So che non dev'essere stato facile.»

Io lasciai andare un sospiro tremolante.

Vik si alzò dopo aver acceso il fuoco, pulendosi le mani. Poi si diresse verso la corda che portava giù, e sparì oltre il bordo.

«È andato a prendere la nostra porzione di carne. I guerrieri se ne sono andati con essa.»

«Sarà sempre così?» chiesi, toccando l'anello interno al mio collo; ma sapevo che lui aveva capito cosa intendessi.

«Per un po'. Ma il branco vedrà, ad un certo punto, che sei legata a noi, e ti perdonerà» disse lui, arruffandomi i capelli. «Un giorno, tutto andrà meglio.»

Mi si afflosciarono le spalle. Quando eravamo vicini alla scogliera, avevo promesso a me stessa che avrei detto loro la verità. Ma se anche l'avessi fatto, chi mi avrebbe creduta? Il branco non di certo, e Vik e Thorsteinn avrebbero potuto urlare la mia verità fino a perdere la voce, avrebbero potuto gridare la mia innocenza dal picco più alto della montagna, ma non avrebbe fatto altro che far odiare anche loro dal branco.

Non si meritavano una compagna così problematica.

«Dovreste mandarmi via», gli dissi.

«Mai.» Thorsteinn mi alzò il mento con le dita, gli occhi accesi. «Perché continui a pensare che ti abbandoneremmo?»

«L'avete già fatto, una volta.»

«Ti abbiamo già detto che quella volta era già in programma, il nostro ritorno. Ma lo capisco, Sorrel» disse, e più mi guardava, più il suo sguardo si fece morbido. «È stato un lungo inverno. Non avremmo mai pensato che le tue stesse compagne ti avrebbero presa in giro, torturata, messo in testa cose non vere riguardo alla nostra assenza. Pensavamo che, lasciandoti lì, la loro presenza ti avrebbe dato conforto durante la nostra permanenza fuori.» Abbassandosi verso di me, Thorsteinn fece scivolare la sua guancia contro la mia. «Sai perché siamo rimasti via così a lungo?»

Io scossi la testa.

«Richiede tutta la forza dentro di noi, tenere a bada la Bestia. E quando siamo con te, Sorrel» disse, la voce sempre più profonda, «Temo che questa arrivi sempre troppo vicina alla superficie. Ci sono stati giorni, mesi interi, in cui non abbiamo cambiato il nostro aspetto neanche una volta, sempre nella nostra forma mostruosa. È a questo che siamo abituati.» La luce del fuoco accese i suoi occhi, e un vento improvviso sferzò l'aria, portando con sé l'odore che impregna la terra dopo una grande tempesta. Un attimo dopo, però, sparì.

«Ma avremmo dovuto dirtelo. Avremmo dovuto reclamarti molto prima di adesso.»

«Perché non l'avete fatto, allora?» chiesi io, lasciando che il suo tono pieno di rimorso mi desse coraggio. Quel Thorsteinn più dolce e gentile mi faceva sentire meglio; mi dava più coraggio, più calma, perché non avevo il bisogno di andargli contro.

«Pensavamo di averlo fatto» disse, tracciando con le dita il marchio sulla mia spalla destra. La pelle portava ancora la cicatrice del suo morso. «Ma quando ci è diventato chiaro che tu fossi troppo lontana, distante, il contatto con te perso, era già troppo tardi. Non potevamo contenere la Bestia, non in quel momento.» La sua mano scese sulla mia schiena, a darmi conforto.

«Ehi», ci chiamò Vik quando entrò dentro casa con una grande pentola. Thorsteinn andò ad aiutarlo. Io li raggiunsi vicino al fuoco, e allungai la mano per prendere la mia porzione.

«No» disse Thorsteinn, tirandomi sul suo grembo. «Ti darò a mangiare io.»

Feci finta di opporre resistenza soltanto perché era nella mia natura fino a quando lui non schioccò le dita, tornando al suo modo di fare austero e serio. «Prenderai il cibo dalle mie mani. Ogni singolo pasto ti ricorderà chi è che ti vuole davvero. Dipenderai da noi per ogni singolo morso.»

«Non sono un animaletto domestico.»

«Ah, non lo sei?» chiese, la sua voce più profonda. «Tu sei

qualsiasi cosa noi decidiamo tu sia. Se vogliamo farti mettere a quattro zampe e strisciare verso di noi, ti ordineremo di farlo.»

«È questo ciò che volete? Vedermi umiliata? Strisciare verso di voi? Pregarvi di farmi mangiare?»

«Oh, pregherai, sì. Ci implorerai di certo» mi promise Thorsteinn. «Ma non per mangiare. Ti insegneremo a desiderare il nostro tocco. Imparerai a desiderarci oltre ogni singola cosa, e noi ti reclameremo completamente.»

Persi il respiro alle sue parole, ma nonostante ciò alzai il mento, la mia espressione ostinata l'unica risposta che riuscii a dargli.

Continuammo a fissarci.

Thorsteinn abbassò il viso verso di me. «Non vincerai questa battaglia, Sorrel. Accetterai il cibo dalle mie mani, e puoi scegliere di farlo seduta sulle mie gambe, oppure in ginocchio al mio fianco. A te la scelta.»

«Gambe» scattai io, incrociando le braccia al petto per mostrare il mio disappunto. Quando lui allungò il cibo verso le mie labbra, io mangiai con grande appetito.

«Visto? Non è così difficile» mormorò. «È facile, sottomettersi.»

Oh, quanto avrei voluto che le sue parole mi rovinassero l'appetito; ma il mio corpo sembrava non voler obbedire alla mia mente. Era contento abbastanza di starsene seduto sulle gambe di Thorsteinn mentre succhiava via il succo della carne dalle sue dita fino a quando i suoi occhi non presero a bruciare di desiderio. Vik, seduto vicino al fuoco, ridacchiò della vista.

Dopo la cena, Thorsteinn mi tenne ben ferma sulle sue gambe. Mi lavò mani e viso con un panno bagnato, poi, senza preavviso, mi girò completamente per mettermi oltre le sue gambe, culo in su.

«Che succede?»

«È arrivato il momento di punirti per come meriti» disse Thorsteinn, tenendomi ferma giù con una grossa mano sulla mia schiena. L'altra, invece, tirò via i pantaloni. Presi a scalciare, ma senza risultati.

«Vik ti ha detto che succederà ogni sera.»

«Ogni sera!»

«Ogni sera, sì» disse, accarezzandomi con lentezza le natiche. «Anche se dubito fortemente che te ne lamenterai molto.»

Imprecai, e la sua risposta arrivò in schiaffi decisi contro il mio sedere nudo. Il suono riverberò per tutta la casa, mischiandosi alle risatine di Vik.

«Dimmi, Sorrel... ti arrendi?»

«Mai», ringhiai io, provando a mordergli la gamba. Il guerriero cambiò la mia posizione, tenendomi in equilibrio con la mano in una posizione incredibilmente scomoda, senza mai fermare i suoi schiaffi.

«Ci stiamo solo riscaldando», m'informò. «Scappa via da noi un'altra volta, e riceverai di peggio.»

Peggio? Il sedere mi bruciava! Quando si fermò per accarezzarlo, era bollente come una brace sotto il suo tocco.

Smisi di lottare dopo poco, lasciando cadere la testa oltre le sue gambe, i miei capelli a nascondere il viso rosso tanto quanto le mie natiche. Specialmente quando Thorsteinn mosse la mano oltre il mio didietro, per ispezionare in mezzo alle mie gambe.

«Vedi quanto si fa bagnata?» mormorò Vik. «C'è una parte di lei che ha bisogno di tutto questo.»

«Ah, sì?» Thorsteinn fece scivolare le dita tra le mie labbra inferiori, toccando il mio nodo sensibile con delicatezza, all'inizio, poi con più intensità. «È così che ti domeremo, Sorrel.» Le sue dita continuarono a toccarmi. «Imboccandoti. Prendendoci cura di te. Reclamandoti.»

Sentii le gambe tremare quando la sensazione dentro di me si fece sempre più forte, sempre più incontenibile.

«No!» urlai. Mi staccai via da lui e lui mi lasciò andare, sorpreso.

«Non toccatemi così... vi prego... Siate crudeli, chiudetemi via da qualche parte, solo... non toccatemi così.»

Vik mi prese di peso dal pavimento.

«Sorrel...» Mi sentivo il corpo andare in pezzi, il desiderio a riempire ogni singola parte di me fino al tormento. «Sei al sicuro con noi, piccolina. Le punizioni che noi ti diamo non hanno niente a che vedere con quelle delle suore. Non ti faremmo mai del male. Lasciati amare dai tuoi compagni, Sorrel. Lasciaci prendere cura di te.»

«Non posso» dissi io, la voce spezzata. Non dovevo piangere. Non potevo. Non importava quanto male sentissi, le mie lacrime non dovevano cadere. «Ho rovinato tutto...»

«No, piccolina—»

«Voi non sapete!» urlai. «Rosalind giace incosciente per colpa mia! Per colpa mia...»

Vik prese ad accarezzarmi la schiena, calmandomi, dicendomi di lasciar andare tutto fuori.

«È colpa mia. Io... avevo desiderato di andare via dalla montagna, ma non in quel modo.»

«Mi hai detto che le cose erano strane» disse Vik, poi ripeté le mie parole anche a Thorsteinn.

«C'era nebbia quando siamo andate via», dissi loro. «E poi, quando...» Avevo promesso a me stessa che avrei detto loro cosa era successo con il Re dei Morti. Ma quando aprii la bocca, mi sentii come se una mano mi stesse stringendo con forza la gola, strozzandomi, impedendomi di parlare.

«Sorrel?» La mano di Vik si fermò di colpo sulla mia schiena. «C'è qualcosa che non va?»

Io deglutii. «Io—» Ma ancora una volta le parole mi morirono in gola, strozzandomi. Le mie mani volarono immediatamente intorno al mio collo, alle mie labbra, spaventate.

«Sorrel.» Thorsteinn s'inginocchiò di fronte a me. La sua espressione preoccupata fu tutto ciò che riuscii a vedere. «Piano. Calma. Prova a respirare.»

Sussultai, il respiro ad uscire tremolante dalle mie labbra mentre Vik riprendeva ad accarezzarmi la schiena.

«Cosa è stato?» chiesi infine.

«Sto cominciando a chiedermi...» cominciò Thorsteinn, pensieroso, «se per caso qualcuno non ti abbia fatto un incantesimo per impedirti di parlare.»

«Un incantesimo?» chiese Vik. «Come nelle favole?»

Io restai ferma immobile, le mani ancora sul mio collo. Per tutto quel tempo ero rimasta in silenzio per paura di parlare, perché non volevo definire Rosalind una traditrice. O perché pensavo che nessuno mi avrebbe creduta. Poteva essere tutto il risultato di un incantesimo?

«Avrebbe senso» disse Thorsteinn, avvicinandosi a me e alzandomi la testa per potermi guardare. Un ringhio basso e gutturale partì dal suo petto. «Non mi piace questa cosa. Qualcuno sta interferendo con la nostra compagna e con il nostro legame.» Si staccò da me, prendendo a camminare avanti e indietro. «Ho bisogno di un nemico che possa vedere. Qualcosa che possa combattere.»

Io mi sentivo così stanca. Dopo tutto quello che avevo passato, il nemico non era nient'altro che nella mia testa. «Quindi non c'è modo di salvarmi?»

«Sorrel» cominciò Vik, ed io mi liberai dalla sua presa.

«Dovreste lasciarmi andare» dissi, alzandomi in piedi. «Sono cattiva, incapace di essere domata, e adesso anche maledetta. Dovreste scegliere un'altra compagna. Io sono rotta» dissi, camminando alla cieca verso la porta.

E mi ritrovai a mezz'aria, diretta verso il letto di pellicce. Atterrai su un materasso morbido, completamente sotto shock. Vik mi fu addosso in un istante, le mani sui miei polsi, che portò oltre la mia testa.

«No», disse, la voce paurosa come un tuono. «Tu appartieni a noi, Sorrel. Sei l'unica, per noi. E non ti lasceremo andare proprio da nessuna parte.»

* * *

Vik

BLOCCAI LA NOSTRA COMPAGNA SULLE PELLICCE, tenendola per i capelli così che lei non distogliesse lo sguardo dal mio. «Questo è l'incantesimo che parla» ringhiai. Thorsteinn aveva ragione. Eravamo abituati ad un nemico che potevamo guardare e combattere. Continuavamo a dimenticare che Sorrel non era la persona a cui dovevamo andare contro. «Il nemico è dentro la tua testa, ma non temere, Sorrel. Noi faremo di tutto per rompere la maledizione. Non riposeremo fino a quando non sarai completamente guarita.»

Dalla sua posizione, la nostra piccola guerriera prese a sbattere le palpebre verso di me, molto velocemente. Stava trattenendo le lacrime. Neanche una volta l'avevo vista piangere. Neanche quando l'avevamo presa di forza dall'abbazia. Neanche mentre scappavamo via dai Draugr. Neanche quando la sua gamba si era rotta completamente, l'osso in fuori. Neanche quando, di fronte agli Alpha e al branco intero, l'avevamo rinnegata come compagna.

Ma adesso stava per piangere, perché le avevamo mostrato dolcezza e pazienza. Perché quel nostro modo di fare aveva scalfito il muro intorno al suo cuore, in mezzo a noi.

«Tu appartieni a noi, Sorrel» ripetei allora, togliendomi

da sopra di lei ma tenendola sempre ferma. «E noi ci prenderemo cura di te.»

«No.» Avrebbe continuato ad andarci contro. Era l'unico modo di rispondere che conoscesse, quando si sentiva debole. Avrebbe imparato, presto, che non c'era alcun motivo di provare a difendersi da noi. Avrebbe potuto finalmente rilassarsi. *Essere* e basta.

«Sì. Questo» dissi, afferrando le sue natiche con forza, e stringendo, «è nostro. Nostro da possedere e reclamare. Nostro da punire, da curare.»

«Io non—» cominciò, ma la vidi soffocare nelle sue stesse parole.

«Dimmi» ordinai. Eravamo naso contro naso, faccia a faccia. Non poteva muoversi. Non aveva come scappare.

«Non voglio che siate dolci con me» sussurrò, spezzandomi il cuore.

«Perché è più semplice lottare?» le chiesi io, e lei annuì, il volto una maschera di dolore.

«E allora lotta contro di noi, Sorrel» le dissi, strofinando il mento sulla sua fronte. «Lotta quanto ti pare, perché a noi piaci così come sei. E noi lotteremo con te, e quando sarai stanca di lottare, noi resteremo al tuo fianco; ti terremo stretta a noi fino a quando non sarai tornata in forze abbastanza da sfidarci di nuovo.»

«Dovete odiarmi» disse lei.

«Non ti odiamo per niente.»

«Invece sì. Lo fanno tutti.»

«No, piccola guerriera. No.»

«Dovreste lasciarmi andare. Sbarazzarvi di me, gettarmi via, io—» si strozzò, gli occhi stretti così tanto da far male. Mi staccai via da lei, e la strinsi forte tra le mie braccia.

«Non c'è niente di male, nel piangere» le sussurrai contro i capelli. Thorsteinn era con noi, ora, dall'altro suo lato, ad accarezzarle la schiena.

«Non posso» sussurrò. «Mi spezzerò del tutto.»

«Allora ti terremo in piedi noi» disse Thorsteinn. «E se dovessi spezzarti, allora raccoglieremo con te i tuoi pezzi uno ad uno, e li rimetteremo insieme fino a quando non sarai intera un'altra volta.»

Sorrel girò il capo, spingendo il pugno contro le labbra. Non potei fare niente per fermare l'urlo straziato di dolore che uscì dalla sua bocca.

«Così, piccola. Proprio così» mormorai, mentre lei singhiozzava, le lacrime a farla tremare. «Piangi per me. Libera quelle lacrime.»

Le lacrime si avventarono su di lei come burrasca estiva che arriva d'improvviso e lascia andare una pioggia feroce sopra la terra. Ma anche nel cuore della tempesta, il Sole si cela sempre dietro le nuvole, pronto a brillare ancora.

La tenni stretta a me, cullandola, desiderando silenziosamente di poter strappare via il suo cuore, aprirlo e togliere via ogni singola pietra tagliente che la faceva star male prima di rimetterla in sesto. Poi mi sarei preso cura di lei per sempre, anche dopo la sua guarigione.

Fu chiaro, sia a Thorsteinn che a me, che fossimo guerrieri, e in quanto tali più a nostro agio intorno a distruzione e sangue che ad una donna intenta a piangere. Ma quella tra le mie braccia non era una donna qualunque. Quella era Sorrel. La Bestia dentro di noi la riconosceva come l'unica cosa importante, e dinanzi a lei metteva da parte la rabbia e le armi. Domando lei, lei domava noi.

Più tardi, molto, molto più tardi, le chiesi, «Ti senti meglio?»

Lei annuì e basta.

Le baciai con dolcezza e lentezza la fronte, le guance bagnate, le labbra. Lei sospirò, lasciandosi andare al mio bacio.

«Vieni, ora» dissi, liberandola dei vestiti e adagiandola

nuovamente sulle pellicce. «Resta coricata, e lasciaci prenderci cura di te.» La Bestia dentro di noi non richiedeva controllo assoluto su di lei, in quel momento. Ma il suo odore e il suo corpo risvegliava una fame ben più profonda.

«Ma—»

«Sh» la zittii, poggiando due dita sulle sue labbra, e quando lei uscì fuori la lingua per leccarle io non ci provai neanche a nascondere il mio sorrisetto. Anche lei sentiva quella stessa fame. «Proprio così. Lascia che i tuoi padroni ti diano piacere.» Le accarezzai i fianchi morbidi, il vitino minuscolo, i piccoli seni sodi come mele non ancora mature. Sentii i suoi muscoli tendersi sotto la pelle, il suo corpo tremare. «Sh...» dissi ancora.

Thorsteinn, coricato all'altro suo lato, prese a toccarla come me. Le sue mani restarono al nord, mentre le mie vagarono verso sud.

«Sei bellissima», mormorò Thorsteinn. «Lo sapevi?»

«No», sussurrò lei di rimando. Dolce e accondiscendente. Sorrel mi piaceva in ogni modo; dura e combattiva, esuberante e piena di sé, ma dolce e pronta ad accogliere il nostro tocco? Così mi uccideva.

M'inginocchiai in mezzo alle sue gambe. Le baciai la caviglia, l'interno del suo ginocchio fino a quando non la sentii sussultare e provare a liberarsi. Allora tenni con forza la sua gamba a me, e continuai a leccarla fino a quando non scoppiò a ridere, un suono chiaro e melodioso che sembrò cancellare via ogni brutto ricordo.

«Sì, proprio così» disse Thorsteinn, accarezzandole i capelli, intrecciando le dita intorno alle sue ciocche e massaggiandole il collo.

Le sue gambe si aprirono volontariamente, ed io andai all'attacco. Sentivo il cazzo pulsare dentro i pantaloni mentre facevo scivolare le mani sulle sue natiche, stringendo con forza mentre leccavo le sue labbra inferiori, tastando i suoi umori. Lei prese a tremare, le gambe a scalciare oltre le mie spalle, colpendo la mia schiena. Thorsteinn le afferrò le mani e le tenne sopra la sua testa, tenendola ferma tra di noi, nuda e vulnerabile. Strisciai su di lei, leccando e mordendo e lasciando segni dovunque le mie labbra si chiudessero per succhiare con forza. La girai poi, di scatto, baciando la linea della sua spina dorsale, facendo scattare la lingua in mezzo alle sue natiche, mordicchiandole la pelle fino a sentirla squittire di piacere. Lei tremò sopra le pellicce, una gamba piegata per poter strofinare il suo punto sensibile su di esse. Mi allungai sulla sua schiena, facendo scivolare il mio membro in mezzo alle sue labbra inferiori, ma senza penetrarla. Quel momento era per Sorrel e basta. Avrebbe dimenticato ogni singolo dolore. L'unica cosa nella sua mente sarebbe stato il ricordo di come si era aperta a noi, e di quanto bello fosse stato ricevere quel piacere.

Con la punta del mio membro gocciolante, tornai in mezzo alle sue labbra inferiori e continuai a strusciare fino a quando lei non prese a muoversi compulsivamente, in preda al piacere.

«Così, piccola. Muoviti così, prenditi il tuo piacere» le dissi, penetrando la sua entrata fradicia con le dita. Quando il piacere la prese completamente, io continuai a scoparla con delicatezza, tirando fuori le dita soltanto per spingerle contro il suo ano. Sorrel continuò a tremare ben oltre la fine del suo orgasmo. «Brava bambina» mormorò Thorsteinn contro il suo orecchio, mordendone il lobo. «Sei stata brava e ubbidiente.»

Lei non protestò neanche. Madida di sudore, si lasciò andare contro le pellicce. Riuscimmo a tirare fuori dal suo corpo sazio altri due orgasmi, quella volta con le mie dita a penetrare il suo ano stretto.

«Presto, ti reclameremo interamente» le dissi, e osservai

con soddisfazione il modo in cui quelle semplici parole causarono altri umori a fuoriuscire dalla sua intimità.

«Ma non stanotte» disse Thorsteinn, con una punta di tristezza. Ci lasciammo andare ai nostri orgasmi sulle pellicce intorno al suo corpo, invadendola completamente del nostro odore.

«Presto» promisi io. Sorrel fece un piccolo suono, gli occhi stanchi e la bocca rilassata. Avrebbe potuto continuare a combattere contro di noi l'indomani; era nella sua natura. Ogni singola concessione che ci dava era dura, da ottenere, ma ne valeva la pena.

Sussultò solo un'altra volta; poi si addormentò.

* * *

Sorrel

LA MATTINA DOPO, restai a letto fino a quando i guerrieri me lo permisero. Thorsteinn si avvicinò alla fine con un panno e un cesto pieno d'acqua con cui lo bagnò subito dopo. Io mi lasciai andare ad un urletto al primissimo tocco del panno sulla mia pelle.

«Avresti dovuto svegliarti prima, se volevi l'acqua ancora calda» mi riprese lui. «Ci saremmo occupati di te questa notte, ma ti sei addormentata subito.»

Mi sentii arrossire da capo a piedi al ricordo della notte prima, di tutto quel piacere.

Vik ridacchiò, come se sapesse. «Forse gli eventi di ieri sera ti renderanno più docile.»

«Non credo proprio» mormorai io, ma mi lasciai andare contro le pellicce e lasciai che Thorsteinn si prendesse cura del mio corpo con lentezza.

Vik si alzò, scusandosi. «Devo andare a preparare il tutto

119

per la giornata d'allenamento di oggi» disse, puntandomi un dito contro prima di sparire oltre la porta. «Comportati bene.»

«Le brave ragazze vengono premiate» mi promise Thorsteinn, prima di aiutarmi ad alzarmi. Con mio grande disappunto, però, mi afferrò per il collare e mi fece inginocchiare sulle pellicce, proprio accanto al suo solito posto.

«Avevi detto che avrei potuto sedermi sulle tue gambe», mi lamentai io.

«Se ti faccio sedere sulle mie gambe non ti darò cibo. Ti darò qualcos'altro» disse, e un'occhiata in mezzo alle sue gambe mi confermò della protuberanza nei pantaloni.

«Magari potremmo…»

Lui mi fermò con un dito sulle labbra. «Abbiamo detto che ti reclameremo quando ci pregherai di farlo. Sei pronta ad implorare?»

Io scossi la testa con forza, facendo una smorfia.

«E allora vieni. È arrivato il momento di mangiare.» Le sue mani mi guidarono in ginocchio. «Te l'avevamo detto, che ti avremmo resa il nostro animaletto domestico. Non fingere che non ti piaccia» disse, stringendo i miei capezzoli turgidi e duri come pietre, e risvegliando in mezzo alle mie gambe un fuoco che non ero abituata a sentire. Come potevo essere eccitata da quella situazione?

«Andiamo, Sorrel. Stai al gioco, tesoro. Per favore?» Thorsteinn poggiò la fronte contro la mia, e quando alla fine annuii con la testa, il movimento mosse anche la sua, facendomi ridere.

Lui mi accarezzò i capelli per tutto il tempo, mentre m'imboccava.

«Mi piace tenerti completamente nuda» mormorò. «Se fossi davvero il nostro piccolo animale, allora ti terremmo sempre al collare e ti metteremmo dentro una gabbia, costantemente nuda. Ti piacerebbe?»

Io alzai gli occhi al Cielo, e accettai altro cibo che mi stava offrendo dalle sue mani.

«Non ci sarebbe nulla di cui preoccuparti. Nulla da temere. Devi solo lasciarti andare, ed essere nostra.» Strinse i miei capelli con delicatezza, massaggiandomi la cute fino a quando non mi sentii quasi ubriaca.

«I tuoi capezzoli s'inturgidiscono in maniera meravigliosa» disse, la sua mano sinistra a giocare con essi mentre, con l'altra, mi dava da mangiare.

Come inspirata, curvai la lingua intorno alle sue dita, leccando ogni singola goccia di miele da esse fino a quando i suoi occhi non divennero completamente dorati.

«È questo che ti piace?» mi chiese, la sua voce profonda e oscura.

Io annuii. Voleva giocare? Allora avrei vinto.

Con gli occhi nei miei, Thorsteinn scivolò sulla sedia sopra la quale era seduto fino ad arrivare al bordo. Aprì i pantaloni, e tirò fuori il suo membro. «C'è qualcosa di più grosso che puoi succhiare, se vuoi.»

Il calore si propagò dalle mie guance fino a tutto il mio corpo. Stava cambiando le regole, ma io non mi sarei tirata indietro.

Mi spostai in avanti, seguendo la pressione che la sua mano stava applicando dietro il mio collo. La mia lingua scivolò sulla sua lunghezza dura, e Thorsteinn gemette di piacere.

«Vik non sarà geloso?»

«Se Vik si sentirà geloso, allora si sentirà geloso» disse lui, stringendo i miei capelli e guidandomi affinché la mia lingua leccasse su e giù da un lato, poi dall'altro. «E poi, anche lui si è preso le sue libertà senza di me, prima.»

Mi mostrò lui stesso come succhiarlo, stringendo con forza i miei capezzoli per correggermi, carezzandoli in modo meraviglioso quando facevo qualcosa di giusto. Avevo appena imparato come prendere la sua lunghezza dentro la mia bocca per metà, quando lui mi tirò un po' più su. «Mettiti a cavalcioni sulla mia gamba» disse, ed io mi sdraiai su di essa, il mio centro bagnato a gocciolare sui suoi pantaloni. «Ti stai comportando così bene, per me» mi lodò. «Muoviti contro di me mentre mi succhi il cazzo, Sorrel. Prenditi il tuo piacere.»

Mi sarei lasciata andare ad un gemito, se solo lui non mi avesse spinta un'altra volta contro il suo membro, spingendo la sua lunghezza piano piano dentro la mia bocca. La sua mano libera continuò ad accarezzare i miei seni, facendo diventare il fuoco dentro di me un totale inferno. Prima ancora di sapere cosa stessi facendo, i miei fianchi presero a muoversi, alla ricerca di frizione sopra la sua gamba dura.

«Proprio così. Obbedisci al tuo padrone.» Allungando la mano, mi schioccò uno schiaffo sonoro e forte sul sedere. «Più veloce, Sorrel. Vieni per me.»

Il piacere mi attraversò del tutto, ed io mi lasciai andare contro di esso. La stretta delle sue dita intorno ai miei capezzoli, i suoi pantaloni contro il mio punto sensibile, il suo sapore dentro la mia bocca a riempirmi i sensi—tutto si mescolò insieme in un vortice ribollente, che mi fece perdere la testa.

Gemetti intorno al cazzo di Thorsteinn e lui venne dentro di me, tirandolo fuori solo per bagnarmi il viso del suo seme. Io sbattei le palpebre e lo guardai sorridere soddisfatto, sorridendo anch'io di rimando.

«Che brava bambina» mi disse, scostando via i capelli dal mio viso. Mi aiutò ad alzarmi, e prese un panno per lavarmi. «Per quanto mi piaccia vederti addosso il mio seme, non posso lasciarti uscire in questo modo. Ci distrarresti troppo.»

Quando finì, mi baciò con passione. Poi, con non poca riluttanza, si staccò via da me.

«Vieni. Vik ci sta aspettando.»

«E che ne è di—» cominciai, senza finire la frase, limitandomi ad indicare la macchia che avevo lasciato sui suoi pantaloni con i miei umori.

«Se avessimo tempo, te la farei leccare tutta. Ma siamo in ritardo, quindi…» Scrollò le spalle.

«Intendi dire», deglutii io, «che hai intenzione di uscire così, oggi? Di indossarli di fronte a tutti?»

«Oh, sì, tesoro.» Il suo divertimento aveva una nota maliziosa. «Con estremo orgoglio.»

CAPITOLO 5

 orrel

«DOPO CIÒ CHE È SUCCESSO IERI, PENSAVO CHE NON MI AVRESTE PIÙ PERMESSO DI USCIRE» dissi mentre ci allontanavamo da Yggdrasil.

«Dici dopo che la nebbia ti ha portata via?» mi chiese Vik. «Quella è stata colpa nostra. Dovremmo stare più attenti.»

«Vado a pattugliare la zona» ringhiò Thorsteinn. «Stai vicina a Vik» ordinò a me prima di andare via, con espressione torva.

La mia espressione calma dovette scivolare via dal mio volto, perché Vik fece scivolare un braccio sulle mie spalle. «Non ti da la colpa per ciò che è successo, Sorrel. Da la colpa a se stesso, e per questo fa così. Se dipendesse da lui, ti chiuderebbe in una torre di pietra e ti farebbe da guardia giorno e notte, perché soltanto chiusa in gabbia potresti stare completamente al sicuro. Non gli piacciono i giochetti subdoli con cui il nostro nemico cerca di strapparti a noi.»

«L'incantesimo?» sussurrai io, come se anche solo menzionarlo fosse pericoloso.

«Sì. Ma non preoccupartene; abbiamo i nostri piani per romperlo» disse prima di affaccendarsi con le armi che avremmo utilizzato quel giorno.

«Come?» chiesi io. «È possibile rompere un incantesimo del genere?»

«Con il legame di coppia è possibile fare di tutto. Dona una magia protettiva tutta sua.»

Ma quella notizia non mi fece sentire altro che disperazione. Quel legame inafferrabile era la mia unica speranza? «E che succede se non si forma?»

«Si formerà» mi assicurò lui, girandosi di nuovo verso di me. «Non devi temere. C'è già qualcosa, tra di noi... Non la senti?»

Io scossi la testa. Lui mi afferrò la mano, poggiandola con forza sul rigonfiamento in mezzo alle sue gambe, e scoppiando a ridere quando io tirai via la mano.

«Quello non è il legame» mormorai io, rossa in viso.

«Ne sei sicura?» mi chiese, ridendo, e quel suono era così contagioso che mi ritrovai a sorridere con lui. «Il legame è un po' come l'acqua» disse lui poi, avvicinandosi a me con lentezza, come quando mi aveva insegnato a fare a botte. «Scivola dentro ogni singolo spazio libero che trova.» Alzò un pugno, ed io bloccai il colpo. Si mosse, ed io schivai un suo calcio. «E quando meno te lo aspetti», disse, fingendo una mossa a sinistra, poi a destra, e quando io alzai le braccia per parare i colpi, lui scivolò per terra e atterrò dietro di me, prendendomi tra le sue braccia, sussurrando, «Vieni presa» al mio orecchio.

«Non credo proprio» dissi io, alzando il piede proprio come mi aveva insegnato, colpendolo alle parti basse mentre, con un movimento veloce, mi liberavo dalla sua presa e roto-

126

lavo per terra. Lui mi afferrò dalle caviglie, facendo un verso giocoso.

«Sei veloce, ma non abbastanza» disse, fermando ciò che stava facendo, però, quando notò la mia espressione. «Che c'è?»

«Che succede se non funziona? Il legame, rompere l'incantesimo... tutto quanto?»

La sua espressione si fece seria velocemente. «Allora diremo agli Alpha che sospettiamo la magia sia coinvolta nella situazione. Se lo capiscono, allora potrebbero essere più gentili.»

Rosalind avrebbe potuto aver fatto ciò che aveva fatto perché sotto incantesimo. Forse, ci sarebbe stato un modo per me spiegare ciò che era successo senza per forza dipingerla come una traditrice. Ma prima avremmo dovuto rompere l'incantesimo; solo così sarei riuscita a parlare.

«Avanti, allora» dissi io, alzandomi. «Alleniamoci.»

Continuammo a lottare sotto il Sole mite della primavera. Gli uccellini volavano e cantavano tranquilli sopra di noi, come sapessero anche loro che quella nostra battaglia non sarebbe andata a finire male. Durante l'allenamento, Vik m'insegnò a usare il peso del mio corpo per spingere un uomo oltre le mie spalle e atterrarlo anche se fosse stato dietro di me. Potevo essere piccola, ma ero molto veloce, e le mie caratteristiche fisiche mi sarebbero tornate utili contro i miei avversari, e per scappare.

«Considerati un po' come un pesce» disse Vik. «Anche se un pescatore ti afferra, tu puoi sempre dimenarti dalla sua presa e scivolare via.»

«Nei tuoi addestramenti mi fai scappare sempre.»

«Perché è la soluzione migliore se ti ritrovi ad affrontare nemici più forti di te. La tua arma migliore è la sorpresa, ma una volta che i tuoi nemici ti avranno affrontata anche solo una volta, la sorpresa è finita.» Vik alzò la voce, guardando oltre me. «Non è vero, fratello?»

«Sì», rispose Thorsteinn, raddrizzando il suo corpo e allontanandosi dal tronco sul quale si era appoggiato. «Ascolta Vik, Sorrel. Ricordati sempre le sue parole.»

Io roteai gli occhi al Cielo. Neanche i modi di fare burberi e severi di Thorsteinn mi avrebbero rovinato la giornata. Scacciai via dal mio viso una ciocca di capelli pregni di sudore e accettai il bicchiere d'acqua che mi stava offrendo Vik. Fu mentre bevevo che mi resi conto di non essermi mai sentita così tanto felice come in quel momento.

«Sorrel è molto brava. Apprende davvero in fretta.»

«Ah, sì?» chiese Thorsteinn, studiandomi.

Allungai il bicchiere di nuovo verso Vik, e poi mi misi in posizione di combattimento e gli feci cenno di venire verso di me. «Attaccami.»

Lui lo fece, dopo aver poggiato per terra le sue armi. Io riuscii ad anticipare senza alcun problema il suo colpo, guardando quel pugno avvicinarsi a me in maniera incredibilmente e stupidamente lenta. Thorsteinn si girò di nuovo a guardarmi, e notai una punta di sorpresa nella sua espressione.

«È veloce» disse Vik dalla sua postazione, ridacchiando.

«Silenzio» grugnì Thorsteinn. Quella volta, attaccò con più velocità. Gli diedi un colpo al fianco mentre schivavo il colpo. Lui mi seguì e mi afferrò, avvicinandomi a lui e guardandomi dritta negli occhi. «Adesso conosco tutti i tuoi trucchi.»

Io spinsi la testa in avanti come Vik mi aveva insegnato, sbattendo la fronte contro la sua.

Thorsteinn barcollò indietro.

Vik scoppiò a ridere fragorosamente. «La piccola guerriera supera il maestro.»

Trattenni il fiato quando Thorsteinn alzò la testa, un

rivolo di sangue a scivolargli sul naso. Ringhiò verso il Cielo, ma quando si avvicinò a me, stava ridendo. «Brava, piccola guerriera.»

«Non sei arrabbiato con me?»

«Per aver imparato la lezione un po' troppo bene?» mi chiese, arruffandomi i capelli. «La prossima volta che andiamo di pattuglia, dovremmo portarti con noi.»

Di pattuglia. Tutta la felicità che avevo fino a quel momento sentito se ne andò di colpo. «Gli Alpha vi hanno dato ordine di andare a pattugliare il perimetro un'altra volta?»

Non avrei dovuto chiedere. Non ne avevo il diritto.

«No», disse Thorsteinn, la fronte aggrottata.

Io mi morsi il labbro. Se fossero andati via, chi mi avrebbe protetta dal branco? Sarei rimasta da sola. Sarei stata al sicuro, nella loro casa sull'albero, ma dopo un po' avrei dovuto per forza andar via. Magari avrei potuto seguire il percorso delle montagne...

«Sorrel.» Vik s'inginocchiò di fronte a me, la fronte aggrottata. «Non ti lasceremo andare.»

«Ma se gli Alpha ve lo ordinano, voi non avrete altra scelta.»

«Sei così impaziente di liberarti di noi?» mi chiese, arruffandomi anche lui i capelli.

«Per niente. Ma intendo solo che, se andaste, sarebbe meglio se venissi anch'io—»

Thorsteinn inclinò il viso, sbuffando. «Vuoi davvero andare via?»

Io scossi la testa.

«Vieni» disse, afferrando il mio braccio con la sua grossa mano. Dovette trascinarmi per un po' prima che le mie gambe cominciassero a muoversi da sole. Il suo viso si era oscurato; non aveva capito cosa volevo dire, e si era offeso.

«Dove andiamo?»

«Abbiamo perso troppo tempo a giocare; abbiamo del lavoro da fare.»

Avrei voluto spiegargli meglio che non avevo alcuna voglia di scappare via da loro, ma lui prese a camminare velocemente. Io non potei fare altro che corrergli dietro, capitolando su di lui quando Thorsteinn si fermò di colpo.

«Quando saremo di fronte a loro, dovrai ricordarti che ci sono io, al comando. Tu farai come ti dico, immediatamente, qualsiasi cosa sia. Prometti?» I suoi occhi grigi e chiari si inchiodarono ai miei, le emozioni a bagnargli il viso come nuvole veloci.

«Sì» risposi subito io, curiosa.

«Sono lì. Oltre quel ponte.» Thorsteinn non fece alcuna mossa per muoversi più avanti, perciò io rimasi dov'ero. Uno strano ululato mi fece avvicinare di più a lui.

L'aria intorno a noi si era fatta più spessa e opprimente. Sentivo intorno a me l'odore della tempesta in arrivo; anche il Sole, lì, sembrava brillare meno.

«Ma dove ci troviamo?»

«Siamo nel luogo dove giace la linea immaginaria degli incantesimi di protezione messi su dalle streghe» spiegò Vik, unendosi a noi. La sua mano si poggiò immediatamente sulla mia schiena.

«Non siamo solo noi a pattugliare, a proteggere voi e la nostra casa dalle minacce esterne. Il Re dei Morti ha devastato quest'isola completamente, pur di accrescere il suo potere. Si fa più forte ad ogni Luna che passa.»

Il vento si alzò di scatto, facendo volare per aria foglie ormai morte. Persi il fiato quando alle narici mi arrivò una puzza di marcio.

«Cosa è?»

«L'armata del Re dei Morti.»

«Sono qui? Oltre la collina?» Fissai con orrore l'altura

sormontata da un masso; le braccia di Vik mi strinsero dalla vita, avvicinandomi a sé.

«Va tutto bene, Sorrel. Non c'è niente di cui aver paura» disse Thorsteinn, la voce più gentile. Mi accarezzò i capelli. «Non posso entrare.»

«E voi come uscite?»

«Vedrai.» Stringendomi un'ultima volta, Vik si allontanò. Qualche passo, e si girò. Thorsteinn gli tirò qualcosa.

«Vieni» mi disse, facendomi cenno di seguire il guerriero tatuato. Io trattenni il fiato man mano che ci avvicinavamo sempre di più al bordo della collina. La puzza mi fece venire le lacrime agli occhi. Quando raggiungemmo il limite, io sussultai.

La linea di protezione era invisibile, intorno alla foresta. Da un lato, Vik camminava avanti facendo roteare tra le mani una pietra runica. Dall'altro, una fila di uomini morti dalla pelle grigia camminava come automi, vestiti di stracci.

«Ce ne sono così tanti...» Rallentai di fronte alla vista, senza fiato per il fetore.

«Sì», concordò Thorsteinn, e mi sembrò di percepire della tristezza in quel suo tono. «Sono i non-morti. Il Re dei Morti ridà loro la possibilità di muoversi per far fare a loro il suo sporco lavoro.» Thorsteinn mi tirò a sé, ed io mi strinsi contro il suo corpo, sentendomi immediatamente più sicura vicina al suo corpo.

Vik arrivò proprio vicino alla linea, lanciando la pietra runica tra le sue mani come un giocoliere. I non-morti, dall'altro lato, ulularono e schiamazzarono quando ne percepirono la presenza, le dita ossute allungate verso di lui, come per raggiungerlo. Vik continuò a camminare avanti e indietro, il suo corpo possente circondato da non-morti. Lo guardai lanciare la pietra due, tre volte, con lentezza.

«Cosa sta facendo?» chiesi a Thorsteinn.

Il guerriero gigante mi strinse più forte. «Osserva.»

131

Vik trovò posto proprio di fronte alla schiera di non-morti. Inclinò la testa... e poi lanciò la pietra oltre la barriera. La vidi farsi strada oltre essa, oltre la legione di Draugr e per terra; poi scomparve.

D'un tratto sentii un'esplosione, un forte *boom*, e una grande ondata di calore mi si strinse attorno, spaccandomi le ossa. Sentii la terra tremare.

Il fuoco divampò tra le righe dei non-morti. Vidi le fiamme leccare i vestiti marci che avevano addosso, la pelle grigia e le ossa esposte. I non-morti urlarono, spalancando le labbra in un pianto doloroso che si perse nel crepitio delle fiamme alte, che portarono verso di noi un puzzo ripugnante.

Nascosi il viso contro il petto di Thorsteinn.

«Balefire» sussurrò Thorsteinn. «Sii coraggiosa, piccola guerriera», mormorò poi.

«Ha funzionato» disse Vik, tornando da noi. Strinsi i denti, girandomi verso la linea protettiva un'altra volta. Si era aperto un grosso buco tra le righe dei Draugr. Braccia scheletriche scivolavano lungo il pavimento, afferrate dalle fiamme. Mi girai di nuovo, fingendo che quel suono fosse nient'altro che legna intenta ad ardere sul fuoco.

«È un tipo nuovo di magia» disse Thorsteinn, mostrandomi quelle pietre di runa.

Vik ne afferrò un po' dal suo sacco. «Vuoi provare?» mi chiese, porgendomene un po' e avvicinandomi alla linea di protezione. Il buco che si era creato tra le righe si stava chiudendo, e i non-morti di fronte a noi presero a digrignare i denti contro di noi. «Scegli un posto in cui li vedi raggrupparsi insieme in tanti.»

«Vik» sussurrai io, stringendomi a lui.

«Non possono toccarti fintanto che stai qui dentro, piccola» mi promise. «Le pietre runiche li raggiungeranno per te. Ce la puoi fare, piccola guerriera. Ricordi come ci hanno inseguiti? Ricordi come ti hanno presa, insieme alle tue amiche?»

«Sì», dissi, tornando dritta. «Ci hanno portato dritti dal Re dei Morti.»

«Vuoi combattere» disse, poggiandomi una delle pietre sul palmo. «Allora combatti.»

Strinsi con forza quella nuova arma, soppesandola sulla mia mano. Vik mi divaricò le gambe, correggendomi la mia postura da combattimento. Chiusi gli occhi, tornando indietro alla lotta in abbazia, dopo essermi rotta la gamba, dopo che Vik e Thorsteinn avevano provato a rendermi la loro compagna. I Draugr ci avevano circondati da ogni direzione, sopraffacendoci. Avevo visto Berserker morire. Io e le mie amiche eravamo state catturate, terrificate. Eravamo state portate dentro la sala dal trono del Re dei Morti, che puzzava come una tomba. Presi un respiro profondo, e i miei polmoni si riempirono di aria infetta.

«Ora» ordinò Vik, ed io tirai.

Ci fu un'esplosione, e lui mi fece da scudo. Sbirciai oltre le sue spalle tatuate, al fumo e alla distruzione che ero stata io a causare... e scoppiai a ridere.

«Un'altra. Dammene un'altra.»

Per il resto della giornata non feci altro che correre lungo la linea di protezione. I Draugr si riversavano lungo tutta la linea, le loro righe immense e vaste, un oceano putrido di corpi non-morti. Alle volte, Thorsteinn e Vik si gettavano nella mischia, attraversando il confine per far volare via i Draugr, spedendoli verso la loro morte.

Ben presto trovammo il nostro personale ritmo: io tiravo le pietre runiche e loro le seguivano, ruggendo, spingendo verso il fuoco ogni nemico che restava in piedi. Quando i Draugr si facevano troppi e rischiavano di sopraffarli, loro rientravano all'interno del cerchio protetto e aspettavano che io tirassi altre pietre.

«Finirà mai?» chiesi, tossendo a causa del fumo.

«Stanca?» mi chiese invece Vik, porgendo un po' d'acqua. La sua pelle era bagnata di sudore e dei fluidi che i Draugr morenti gli avevano lasciato addosso. Il petto gonfio, aveva le braccia graffiate dalle armi del nemico. Mentre bevevo, li vidi rimarginarsi sotto i miei occhi. Vik aveva addosso il sorriso più grande e luminoso che gli avessi mai visto.

«NO» gli risposi, porgendogli nuovamente la borraccia e afferrando la mia fionda. «Continuiamo!»

A poco a poco, esplosione dopo esplosione, ci liberammo del nemico. Alla fine riuscii a capire—ogni volta che i Draugr si avvicinavano insieme dopo che una delle righe era stata spazzata via, sul fondo ne vedevo sempre meno. Non erano impossibili da distruggere.

«Sta funzionando» urlai. «Stiamo vincendo!»

Vik colpì con forza sul suo scudo, ruggendo di vittoria e ridacchiando di fronte al nemico. Thorsteinn era il più calmo tra tutti noi, aspettava l'esplosione con l'ascia e la lancia pronte a colpire il nemico. Combatteva senza alcuno scudo. Vik non lo usava per difendersi, a dirla tutta: lo usava per colpire i nemici, mandando verso il fuoco più di uno alla volta.

Mi avvicinai al bordo del confine, camminando senza più paura di fronte ad esso. I Draugr avevano imparato ad indietreggiare quando sentivano la potenza della runa, ma se la nascondevo dietro la mia fionda, loro tornavano ad avvicinarsi al confine cercando di afferrarmi. Tirai indietro la fionda, aspettando che si radunassero tutti insieme di fronte a me per poterne distruggere quanti più possibili in una sola volta. Avremmo spazzato via il nemico da questo lato della montagna, ed io sarei stata d'aiuto.

Tirai la pietra con forza nelle profondità delle file dei

non-morti. Il Balefire soffiò proprio al centro. Restai ferma immobile, a guardarlo, il viso bruciato dal suo calore, ma completamente al sicuro. Polvere e arti piovvero da ogni lato mentre Thorsteinn e Vik entravano in azione, facendo a pezzi il nemico da ogni lato finché non si incontrarono tutti al centro del fuoco, morendo in mezzo.

«È quasi fatta, piccola guerriera!» urlò Vik.

E fu in quel momento che lo vidi. Alto nel Cielo, nascosto da una nube scura, la nebbia a scivolare intorno a lui con fare minaccioso, la forma di uno scheletro. Non poteva... non poteva essere reale. Il Re dei Morti non poteva essere lì per davvero. Eppure era apparso già una volta, prima, e ogni singola volta si era rivelato reale abbastanza.

«No» urlai. Caricai la fionda, e tirai. La pietra runica esplose proprio sopra le teste dei miei guerrieri, che si nascosero in cerca di riparo. Ma il fuoco non sfiorò neanche quella figura oscura.

Inciampai indietro, e venni afferrata dalla nebbia. E d'improvviso non fui più dalla parte sicura del confine. Il fetore dei Draugr mi circondava. Ce n'erano ovunque. Le loro facce grigie si avvicinavano minacciosamente a me, sempre di più, le loro dita ossute si allungavano per afferrarmi.

Urlai, scalciando per allontanarli, cercando in tutti i modi di ricaricare la mia fionda. Mi cadde dalle mani—

«Sorrel, no!» Vik scattò e cadde sopra di me, afferrando la pietra prima che potesse esplodere ad un centimetro dalla mia faccia e tirandola verso i Draugr come avrei dovuto fare io. Un'altra esplosione, e il puzzo dei morti mi riempì completamente i polmoni, soffocandomi.

«Il Re dei Morti» urlai, perdendo il respiro. Thorsteinn stava urlando qualcosa.

Vik mi afferrò con forza e, prendendo la carica, corse con tutta la sua forza nuovamente verso il confine. Io tenni la testa bassa, lasciandomi andare contro il petto di Vik e trovandoci pelle e l'odore del suo corpo.

Alla fine, riuscimmo a tornare dalla parte sicura. Il Sole era tornato a splendere sopra di noi, non c'era più alcuna barriera, alcuna nebbia, nessun Re dei Morti ad alleggiare sul Cielo. Questo era limpido e chiaro, pulito. Presi boccate d'aria fresca, collassando contro Vik.

Fu lui ad allungare un bicchiere verso le mie labbra, ed io bevvi quanta più acqua riuscii ad ingerire. «Stai bene?»

«Meglio» dissi, mentre lui riempiva un altro bicchiere.

«Ancora» ordinò, ed io bevetti un'altra volta. Poi lui mi ripulì il viso con un panno fresco.

«Perdonatemi» dissi. «Pensavo... pensavo di aver visto il Re dei Morti. C'era nebbia, e mi circondava. Mi ha portato da qualche parte.»

«Lo abbiamo visto. C'era nebbia, Sorrel, ma tu eri con noi. Hai oltrepassato il confine.»

Io scossi la testa, esausta. «Ero confusa. L'ultima volta che ho visto il Re dei Morti apparire...» *Rosalind è quasi morta.*

«Sei stata catturata» finì lui per me, convinto stessi per dire questo. Ma Vik e Thorsteinn sapevano della prima volta; non della seconda.

«Lo ricordiamo» disse Thorsteinn, voce grave. «Non ti avremmo mai portato in quel posto se avessimo saputo...»

«Come mi avrebbe fatto sentire?» dissi, passando i palmi delle mani sul viso. «Non avreste potuto saperlo. Non lo sapevo neanche io.»

«Sei stata presa con le tue amiche», continuò Vik. «Però non ne hai mai voluto parlare.»

«Perché non mi è mai piaciuto ricordare. Ho cercato in tutti i modi di costringermi a dimenticare.» Come fosse un brutto sogno di cui alla fine, semplicemente, ti dimentichi.

«Però, parlarne potrebbe aiutarti» disse Thorsteinn.

Io annuii. Avevo troppi ricordi chiusi dentro una scatola nella mia testa, e tenerli sigillati non mi aveva mai aiutato.

Vik mi accarezzò la schiena. «Sei pronta a dirci che cosa è successo?»

Io strinsi forte gli occhi. Forse non potevo dire loro cos'era davvero successo con Rosalind in quella notte fatale, ma avrei potuto raccontargli di quello che era successo l'autunno scorso. Era passato già così tanto tempo...

«Ci siamo ritrovate di fronte ai Berserker, intenti a combattere contro i Draugr. Voi mi avevate lasciata su di un albero» dissi, la voce tremante. «Per scappare dentro la foresta.»

«Pensavamo che saresti stata al sicuro, lì» mormorò Vik.

«Lo ero» confermai, nascondendomi il viso tra le mani. Non glielo avevo mai detto, questo. «Lo sarei stata... se non fossi scesa da lì.»

«Cosa?» ringhiò Thorsteinn, facendomi tremare.

«È stata colpa mia se sono stata catturata. Ma avevo sentito le mie amiche urlare... e non potevo restare ferma al sicuro quando potevo sentirle venire catturate.»

Silenzio. Riuscivo a sentirlo nell'aria che fossero arrabbiati con me. A quel punto, non ci sarebbe stato alcun motivo di nascondere il resto.

«Sono scappata verso di loro per poterle proteggere. Non sapevo cosa fare, ma dopo il morso d'accoppiamento, io... mi sentivo più forte. Più veloce. Più potente.»

«Il legame si era messo all'opera», mormorò Vik.

«Non avevo la presunzione di credere che avrei potuto salvarle, ma avrei dovuto provare a fare ciò che potevo. Avevo la mia fionda. Mi sono imbattuta in un Draugr, e ho tirato, abbattendolo.» La verità era che non sapevo chi avessi avuto davanti o cosa; l'unica cosa che ai tempi avevo saputo era il fatto che stessi vivendo un incubo. «Arrivai dalle mie amiche in tempo per vederlo apparire» dissi, tremando. «E

137

poi ci ritrovammo tutte insieme in un altro posto.» Scossi la testa. Sapevo di star raccontando qualcosa di impossibile da credere. «Mi sono risvegliata coricata su una lastrica di pietra. Le mie amiche erano coricate attorno a me, addormentate. Quasi tutte.» Una era stata sveglia, la sua chioma bionda a scintillare sotto la luce della Luna. Rosalind. «C'era una... figura... nell'oscurità. Alto, più alto di qualsiasi uomo. Aveva addosso una veste leggerissima.» La mia voce si fece nient'altro che un sussurro. «E il suo corpo era quello di uno scheletro. Un morto.»

«Il Re dei Morti» ringhiò Vik, ed io sussultai, ricordandomi solo in quel momento di ciò che gli stavo raccontando.

«Lo trovai intento a parlare con Rosalind. Poi vidi la sua mano allungarsi verso di lei, provare a toccarla ed io... dovevo fare qualcosa. Dovevo fare qualsiasi cosa potessi. Avevo ancora la mia fionda, così...»

«Hai attaccato il Re dei Morti?»

«Non—non intendevo farlo», balbettai. «Non stavo pensando. Sapevo soltanto che lui voleva solo ferirla, e dovevo fare qualcosa. Così gli ho tirato una pietra in testa, poi mi sono gettata in avanti e ho afferrato Rosalind. E d'improvviso eravamo fuori, di nuovo nella foresta. Tutte insieme. Abbiamo svegliato le altre, e siamo scappate. E poi voi ci avete trovate.»

«Le hai salvate. Hai salvato le tue sorelle.»

«Ho fatto solo ciò che dovevo.»

«E Rosalind si ricorda di questa cosa?»

«Penso di sì. Però lei mi odia» dissi. Come altro avrei potuto spiegare la sua freddezza? Quelle parole crude e malvagie che mi scoccava sempre contro?

Thorsteinn e Vik si scambiarono un'occhiata.

«Sorrel, quando... *se* Rosalind si sveglia, la sua versione potrebbe condannarti?»

Io chiusi gli occhi. «Sì», sussurrai. Avevo usato la mia

138

fionda ancora una volta... e quella volta era stato per colpire lei. «Perdonatemi. Ma non sapevo cos'altro fare.»

«L'hai colpita per un motivo, allora. Allo stesso modo in cui hai colpito il Re dei Morti quando siete state catturate durante il viaggio dall'abbazia alla montagna.»

«Sì.» Poggiai la testa su un tronco spesso, chiudendo gli occhi, e una mano callosa e grande mi accarezzò la fronte.

«Riposa, adesso, piccola guerriera. Qui sei al sicuro. Ci prenderemo noi cura di te.»

* * *

IL SOGNO PRESE VITA DENTRO LA MIA TESTA COME FOSSE REALTÀ. I capelli chiari e luminosi di Rosalind brillavano contro la figura ombrosa che torreggiava su di lei. Mani scheletriche cercavano di raggiungerla. Io feci scattare la fionda, e tirai la pietra. Ma al contrario della prima volta in cui lo avevo fatto, quando avevo colpito il Re dei Morti, il mio colpo non andò a finire su di lui. Sparì dentro la nebbia, e quella figura cattiva continuò imperterrita ad avvicinarsi alla mia amica.

La pietra di Luna, mi aveva detto Rosalind. Dobbiamo prenderla prima che possa farlo lui. Se la prende lui, tutto sarà perduto, e lui sarà troppo potente. Ed ora lei era lì, di fronte al Re dei Morti, ad offrirgli quella stessa pietra di cui aveva parlato.

Non esitai neanche un attimo. Afferrai un'altra pietra, impugnai la fionda, la caricai... e tirai, forte e veloce. E colpii il mio obiettivo: la testa dorata di Rosalind. Lei cadde per terra. La figura dei Re dei Morti ancora sopra di lei sibilò, ed io corsi ad afferrare la pietra di Luna prima che potesse farlo lui... lanciandomi dentro la nebbia, che m'inghiottì interamente. Non potevo più vedere il mio stesso corpo. I miei piedi inciamparono su qualcosa di duro, facendomi cadere e schiantare contro il corpo immobile di Rosalind. Giaceva sul pavimento della foresta, il sangue ad uscire dalla sua testa. La Pietra di Luna era sparita. E così anche il Re dei Morti.

139

Uno starnazzo sopra la mia testa mi fece setacciare con gli occhi gli alberi intorno a me. Un uccello nero sedeva su di un ramo proprio sopra di noi; in mezzo al suo becco, la pietra lunare.

«Ridammela» dissi, alzando la mano con la fionda. Non avevo altre pietre da scagliare. «Per favore. Dobbiamo tenerla al sicuro.»

Il corvo arruffò le ali, e poi scomparve. Io restai a guardare quel ramo vuoto, e se non fosse stato per il leggero tremore che stava ad indicare che c'era in effetti stato un uccello appollaiato lì sopra, avrei creduto di aver perso completamente la testa.

Ai miei piedi, Rosalind ancora sanguinava sul terreno. Era stata lei a portarmi fin qui, a tendermi una trappola per poterle mostrare dove fosse la pietra di luna così che lei potesse offrirla al nemico. Il Re dei Morti possedeva la sua mente? Era stata ingannata anche lei, oppure lo aveva fatto di sua volontà?

Prima ancora di potermi mettere in ginocchio per fasciarle la testa, un urlo mi fece congelare da capo a piedi. Fu così che i Berserker mi trovarono: la fionda alzata, la mia sorella orfana senza sensi, a sanguinare sul terreno.

Mi legarono e mi portarono di nuovo nella montagna. Io provai a spiegar loro del Re dei Morti, della pietra lunare, del corvo... ma loro mi dissero che non erano nient'altro che bugie. Non gli dissi ciò che Rosalind aveva fatto. Come potevo accusarla di tradimento, quando lei sarebbe stata incapace di difendersi da quell'accusa?

«Sorrel», mi chiamò qualcuno da lontano. «Sorrel, torna da noi.»

Erano Thorsteinn e Vik. Ma non potevano volermi davvero. E anche se mi avessero davvero voluta, c'era un'altra figura che si stava avvicinando a me... le sue mani scheletriche erano allungate per prendermi...

«Il Re dei Morti!» urlai, dimenandomi. «Sta arrivando!»

«Non è qui» disse la voce profonda di Thorsteinn. Le sue dita mi accarezzavano le guance. «Ci siamo noi.»

Aprii gli occhi. «Mi avete lasciata.» Ero di nuovo dentro

la casa sull'albero, i due guerrieri coricati ad entrambi i miei lati.

Alla mia sinistra, Vik si schiarì la gola. «Ce ne siamo andati perché siamo dannati. E senza una compagna, perderemo la testa.»

«Pensavo aveste detto che fossi io, la vostra compagna.»

«Ci abbiamo provato», disse Thorsteinn. «Ti abbiamo reclamata. Ma dopo essere stata presa dal Re dei Morti il legame si è spezzato, e niente di ciò che potevamo provare a fare lo avrebbe fatto tornare forte. Continuavi a chiuderti a noi, e noi abbiamo pensato che ciò significasse che, con il tempo, avresti trovato qualcuno con cui non avresti opposto resistenza per aprirti.»

«Per noi è stato più facile andare via in pattuglia dall'altra parte dell'isola piuttosto che provare a convincerti, senza speranza, a farti ricambiare il nostro amore. Se non lo avessi fatto, noi avremmo perso la testa.» Vik mi scostò i capelli dal viso, avvicinandosi a me fino a che le nostri fronti non si toccarono.

«Perdonaci, Sorrel. Abbiamo sbagliato. Ho avuto una donna, tantissimo tempo fa. Hildr era una 'donna scudo', una guerriera, proprio come te», disse Thorsteinn. «Hildr ed io abbiamo avuto un battibecco proprio prima di entrare in battaglia. Io volevo che lei restasse al sicuro; lei, invece, voleva combattere. In battaglia, le dissi di aspettare il mio segnale. Lei disobbedì e attaccò le righe avversarie da sola. La tagliarono in due prima ancora che io potessi muovere un muscolo per aiutarla...»

Portai una mano sulla guancia di Thorsteinn, e lui ci si lasciò andare contro. «Ho perso il mio primo amore perché non sono stato in grado di farmi ascoltare. E la madre di Vik... per anni ha continuato a lasciare lui e suo padre, ancora e ancora.»

«Non riuscivamo a tenerla con noi», mormorò Vik. «A

volte è più semplice lasciare andare chi ami prima che possano farlo loro stessi.»

«E ora….» gracchiai. Vik allungò la mano dietro di lui per afferrare un bicchiere d'acqua, che bevvi con foga. «Cosa farete con me, ora?»

«Non andiamo da nessuna parte, Sorrel. Ora siamo noi, noi tre. Non ti lasceremo mai più. È una promessa.»

Mi lasciai cadere nuovamente in mezzo a loro. La mia mano scivolò giù, cercando quella di Vik da un lato, stringendola forte. Thorsteinn strinse l'altra. Forse non saremmo mai stati compagni nel senso Berserker… ma saremmo rimasti sempre insieme.

* * *

MI RISVEGLIAI IN MEZZO AI GUERRIERI. Una pelliccia pesante mi copriva il corpo, ed io la scaccia via con forza. Ero accaldata, troppo accaldata; così tanto che rivoli di sudore mi bagnavano la schiena.

Accanto a me, Vik mormorò qualcosa. Si girò, e il suo braccio mi andò a finire addosso. Poi mormorò ancora, e mi strinse più forte a sé.

Io mi mossi tra le sue braccia. Aveva gli occhi chiusi, le ciglia folte e scure ad accarezzargli le guance tatuate. Il naso era un po' storto, sulla punta. La sua bocca aveva una forma perfetta. Allunga il collo abbastanza da poterla toccare con le mie labbra.

I suoi occhi si aprirono di colpo.

«Thorsteinn», ringhiò. «Svegliati.»

«Che c'è?» sbuffò Thorsteinn.

«Sorrel. È in calore.»

Arcuai il corpo, tirando con forza la mia giacca. La pelle era troppo pesante, troppo ruvida per il mio corpo. Mi dimenai, cercando di liberarmi da essa.

«Piano… piano» mormorò Thorsteinn, dietro di me.

«Devo… Ho bisogno…» Quasi scoppiai a piangere mentre tiravo con forza la giacca. Vik si alzò di colpo, aiutandomi a liberarmi dei miei vestiti come fossi un serpente che si libera della sua pelle. Aria fredda mi colpì da capo a piedi, ma non fu abbastanza. Mi liberai dei pantaloni e poi mi lasciai andare per terra un'altra volta, senza fiato.

«Sh», mi calmò Thorsteinn. La sua mano alzò i capelli alla punta del mio collo prima che le sue labbra lasciassero un bacio proprio lì. Quel tocco dolce mi riverberò dentro, facendomi impazzire. Mossi i fianchi, girandomi per gettarmi su Thorsteinn.

«Sorrel» respirò lui, le sue labbra a muoversi sotto le mie. Afferrai la sua treccia e lo avvicinai a me, colpendolo con le mi labbra.

«Sorrel» ripeté, ridendo. Strofinai i seni contro il suo petto ruvido, inarcando il corpo come fossi un gatto, facendo fusa di piacere a quel contatto perfetto.

Con i miei capelli stretti tra le dita, lui mi spinse leggermente per potermi guardare. «Sei in calore.»

Annuii, muovendo ancora i fianchi. Non era la prima volta che provavo una cosa simile; in abbazia era già successo, ed ero stata costretta a nascondermi da tutti per non farlo scoprire. Ma qui… non avrei avuto alcun motivo di nascondermi o soffrire.

Vik imprecò.

«Lo vuoi?» chiese Thorsteinn, facendo scattare i suoi fianchi in alto con violenza. La sua erezione colpì lo spazio bisognoso d'attenzioni in mezzo alle mie gambe, ed io quasi persi i sensi, tremando e gemendo.

«Dimmelo» ordinò, i miei capelli ancora stretti tra le dita, impedendomi di muovermi come volevo. «Supplicami di darti il mio cazzo.»

«Lo voglio» dissi, leccandomi le labbra.

Lui spinse ancora una volta con forza il suo membro contro di me. «Dillo», ringhiò.

«Ti voglio» sibilai, scavando le mie unghie sulle sue spalle, temendo che lui potesse staccarsi via da me. «Ho bisogno di questo.»

«Questo?» La sua mano sinistra ancora tra i miei capelli, la destra andò a sbottonare i suoi pantaloni per tirare fuori la sua lunghezza perfetta. «Hai bisogno del mio cazzo?»

«Sì.»

Vik si posizionò dietro di me, le mani sui miei fianchi, alzandomi abbastanza per permettere a Thorsteinn di poggiare la sua punta di fronte la mia entrata. Piano piano, Thorsteinn mi riempì del suo membro, ed io esalai di felicità, stringendo con forza le spalle di Thorsteinn. «Sì... *sì*», gemetti. Sentii il fuoco prendermi il corpo, svegliarlo completamente. Riuscivo a sentire Thorsteinn in ogni centimetro di me. I capezzoli mi diventarono turgidi così tanto da far male.

«Mostramelo», comandò Thorsteinn. «Mostrami quanto hai bisogno di me.»

Io mi mossi contro di lui.

«Proprio così, piccolina. Così» gemette, poi afferrò i miei fianchi per tenermi ferma. Vik era in piedi dietro di noi, tra le dita il suo stesso cazzo, gli occhi annebbiati di desiderio.

«Tieniti forte, piccolina» disse Thorsteinn. «Ti darò esattamente ciò di cui hai bisogno.» Il suo corpo si tese sotto le mie dita forti, le sue braccia si trasformarono in pietra mentre, d'improvviso, Thorsteinn cominciava a spingere con forza il suo cazzo dentro di me da sotto. Ululai, e sarei caduta se Thorsteinn non avesse affondato le dita sulle mie natiche.

Vik mi afferrò per i capelli. «Succhiami» ordinò, direzionando le mie labbra verso il suo cazzo. Leccai con piacere la sua lunghezza, alzando gli occhi per sapere se approvasse.

144

«Sì, proprio così» mi lodò lui, continuando a guidarmi con le mani.

«Questo è soltanto l'inizio» mi sussurrò Thorsteinn all'orecchio, le sue dita ad accarezzarmi il corpo. La mia pelle prese fuoco sotto la sua promessa. «È così che ti reclamiamo. Tu appartieni a noi, e nessun altro.»

«Sì!» urlai mentre il piacere mi prendeva completamente, facendo cantare il mio corpo. I miei muscoli si tesero, il mio corpo si arcuò, lasciandosi andare alla sensazione.

«Ancora» disse Thorsteinn, spingendo con violenza i miei fianchi contro di lui.

I miei due uomini mi reclamarono ancora e ancora, montandomi come fossi un oggetto fino a quando non urlavo di piacere. Alla fine, Thorsteinn si coricò e mi portò su di lui, lasciando che a cavalcarlo fossi io fino a quando non trovai piacere un'altra volta. Poi, mi poggiò sulle pellicce e fu lui a finire così.

Fuori dalla nostra casa, gli uccellini presero a cantare l'inizio di un nuovo giorno.

* * *

IL SOLE ERA GIÀ ALTO NEL CIELO PER QUANDO IO E I MIEI GUERRIERI LASCIAMMO FINALMENTE LA NOSTRA CASA.

«Ci alleniamo oggi?» chiesi, dando un morso alla mela che avevo in mano. Nonostante la colazione piena che avevo fatto, avevo ancora fame.

«Allenarci?» Thorsteinn mi arruffò i capelli. «Davvero vuoi allenarti? Pensavo avessimo fatto abbastanza esercizio questa notte.»

Arrossii, e Vik approfittò della mia distrazione per afferrare la mela che avevo tra le mani, dandogli un morso mentre mi scoccava un occhiolino.

«Sorrel.» La mano di Thorsteinn mi afferrò per la spalla,

portandomi indietro prima che sentissi qualcuno urlare. Un guerriero si avvicinava in fretta lungo la strada, diretto verso la nostra casa.

«Knut» disse Vik, facendosi dritto, salutandolo. Io restai indietro, anche quando Thorsteinn strinse la mia spalla come per rassicurarmi. Sapevo che non avrei dovuto guardare negli occhi il guerriero, ma qualcosa nello sguardo del nostro visitatore mi fece entrare in allarme, e non riuscii a distogliere lo sguardo.

«Come ti va la vita oggi?» chiese Thorsteinn.

«Thorsteinn, Vik» rispose lui, la voce profonda. Poi mi guardò. Io mi nascosi dietro Thorsteinn. «Avete concluso l'accoppiamento?»

La mano di Thorsteinn si strinse intorno alla mia spalla. «Perché? Gli Alpha vogliono testarci? Non è passata neanche una Luna.»

«Il tempo a vostra disposizione è finito.» Knut passò lo sguardo da un guerriero all'altro. «Rosalind si è svegliata.»

CAPITOLO 6

 orrel

I GUERRIERI MI COPRIRONO CON UNA PELLICCIA CHE ODORAVA DI LORO, portandomi poi velocemente verso un lato della montagna che io non avevo mai visto.

«Vi lascio qui» disse Knut quando arrivammo all'entrata di una caverna. «Gli Alpha vi stanno già aspettando dentro.»

«Vieni» disse Thorsteinn, spingendomi verso l'entrata. Io provai a frenarmi, le mie gambe diventate pietra.

«Sh, tranquilla. Va tutto bene, vedi?» Vik entrò dentro. «Non succederà nulla di male. È solo un'entrata segreta nella montagna.»

«Che ci facciamo qui?» chiesi una volta aver visto Knut andare via. Per quegli ultimi minuti, lo stomaco mi era andato sottosopra, minacciando di rigettare ciò avevo mangiato quella mattina. Mi strinsi ai guerrieri così tanto da rompere loro le ossa.

«Gli Alpha ci hanno chiamati per controllare il nostro

147

legame» disse Thorsteinn, facendomi cenno di entrare. «Tieni» disse a Vik, porgendogli una torcia. «Questo posto andrà bene, fa lo stesso.»

«Che fate?» chiesi quando li vidi alzarmi su di una roccia e girarmi verso di loro. La luce della torcia ci circondò completamente. Ma oltre quel piccolo cerchio di luce, non c'era nient'altro che oscurità. Deglutii con forza.

«Sorrel, ti ricordi cosa ti abbiamo detto riguardo al legame? Al suo poter rompere quell'incantesimo?» mi chiese Vik.

«Sì.»

«È arrivato il momento di provare» disse Thorsteinn, avvicinandosi a me. *Apriti a noi, piccolina. Non aver più paura.* Sussultai all'improvvisa eco della sua voce dentro la mia testa.

«Va tutto bene» disse Vik, prendendo le mie mani nelle sue. «È questa l'unica via.»

«Ma io non—non posso—» Dove una volta avevo sentito una barriera, un muro dentro la mia testa, ora non c'era più niente. Ma non c'era neanche luce; soltanto oscurità, ed io provavo paura. «Non posso.»

Invece puoi, disse la voce di Thorsteinn, proprio dietro quella porta. L'oscurità sempre sibilare e ritirarsi, facendolo passare.

Mostrami ciò che è successo. Non occorrono parole. Mostramelo e basta.

Le dita di Vik si strinsero alle mie. «Chiudi gli occhi, Sorrel.» Restai a guardarlo, e vidi le sue labbra curvarsi in un piccolo sorriso. «Solo per una volta, fai come ti viene detto.»

Thorsteinn sorrise. Le fiamme danzarono sul suo viso, ma non c'era né rabbia né biasimo nella sua espressione.

Ce la potevo fare.

Chiusi gli occhi, e…

Era mezzanotte. La Luna era una scheggia lucente a riflettere sulle chiazze di neve ancora a bagnare il terreno quando Rosalind lasciò la casa delle profetesse. La luce della Luna bagnava i suoi capelli dorati mentre io mi accingevo a seguirla. Non era da lei, andarsene e basta.

«Sorrel?» Juliet era fuori dalla casa, nascosta nelle ombre. Si nascondeva lì spesso, quando entrava in calore. Era stata una suora, del resto. E aveva paura che, se fosse stata scoperta, i Berserker l'avrebbero costretta a trovare un compagno.

«Rosalind è passata di qui?» chiesi io.

Lei annuì, il viso bagnato dalla preoccupazione. «Dovrei andarle dietro. È da un bel po' che si comporta in modo strano.» Juliet non aveva davvero bisogno di dire altro: Rosalind era stata più silenziosa del solito. Di notte, si girava e rigirava sul letto costantemente, nel sonno, come fosse in preda agli incubi. Durante il giorno, nessuno poteva ritenersi al sicuro dalla sua lingua biforcuta e malvagia, dalle sue parole cattive, neanche la sua amata sorellina Aspen.

«Tranquilla, andrò io. Scoprirò io che cosa sta tramando» dissi, stringendole leggermente la spalla prima di superarla.

«Portala a casa» mi disse lei.

Non aveva senso, continuavo a pensare mentre seguivo le tracce di Rosalind. Aveva addosso un mantello, ma non si era preoccupata di nascondere i suoi capelli così lucenti. Sotto la luce della Luna, quelli diventavano quasi argentati. Perché andarsene adesso? Mi aveva presa in giro quando avevo parlato dei miei piani per scappare, ma in quelle sue prese in giro ci avevo sentito della gelosia, dell'invidia perché io mi sarei saputa gestire da sola, lì fuori. Non aveva mai provato a nascondere quanto odiasse i Berserker e l'idea di restare legata a loro, ma non avrei mai pensato che avrebbe davvero provato a scappare. La Rosalind che conoscevo io, poi, non avrebbe mai lasciato da sola sua sorella. Soprattutto non in un posto pieno di uomini come loro, in attesa solo di accoppiarsi.

La nebbia bagnava il nostro cammino. Io allungai il passo attraverso essa, cercando di raggiungere Rosalind in fretta. Attra-

149

verso gli alberi riuscivo a vedere le fiamme danzare, le voci degli uomini alzarsi in aria, profonde e roche. Le nostre guardie sembravano amare particolarmente, pattugliare di notte. Mi nascosi nelle ombre, dietro gli alberi. Rosalind non fece lo stesso; non ci provò neanche a nascondersi, come pensasse che nessuno avrebbe potuto vederla. Eppure, nessuno dei guerrieri alzò lo sguardo o sentì i suoi passi. Fu così che riuscimmo a farci strada attraverso la montagna.

Camminammo per tutta la notte. Per tutta la notte aspettai che Rosalind mi sentisse dietro di lei, che si girasse a guardarmi. La serata era silenziosa, ferma. Nessun Berserker di pattuglia a trovarci, nessun ululato, neanche un gufo notturno. Più ci avventuravamo lontane dalla montagna, più cominciavo ad avere paura. Presto ci saremmo imbattute nei Draugr, non avevo alcun dubbio; saremmo state catturate e portate via. Ma ogni volta che provavo ad avvicinarmi finalmente a Rosalind per fermarla, lei sembrava farsi più lontana.

Per ore andò avanti così, come in un sogno senza fine. La nebbia si fece sempre più spessa, intorno a noi. Sapevo che se non l'avessi raggiunta ora, non ci sarei riuscita più. Così presi a correre, e alla fine riuscii ad arrivare da lei.

«Rosalind?» Quando si girò a guardarmi, i suoi occhi erano un pozzo vuoto e spento, profondo e scuro. Poteva essere sonnambula? Non lo avevo mai saputo. Presi a scuoterla, ma lei non sembrò svegliarsi. Con lo sguardo fisso su un punto lontano, si staccò dalla mia presa e continuò a camminare avanti.

Niente di ciò che le dissi o che feci fermò i suoi passi. Sembrava quasi addormentata... almeno fino a quando la luce del giorno non le bagnò il viso. Fu con i primi raggi del Sole che sembrò risvegliarsi, e girarsi verso di me. «Sorrel» mi salutò. «Sei qui. Dobbiamo trovare la pietra di luna.»

«Che pietra di luna?»

«Ho fatto un sogno. Nel mio sogno ho visto una pietra molto potente. Il Re dei Morti l'ha cercata per anni e anni. È stata creata dal potere di tante profetesse messe insieme, le donne che aveva

preso in mogli nel suo tempo. Nelle sue mani, gli darebbe soltanto più potere. Ma se la troviamo noi, riusciremo a fermarlo. Nelle giuste mani, potremmo riuscire ad imprigionarlo per altri mille anni.»

«E tu sai dove trovarla?»

«Da questa parte» disse, continuando a camminare. Non mi piaceva quell'idea, ma decisi comunque di seguirla. Rosalind era stata con me, quando eravamo state catturate dal Re dei Morti. Sveglie insieme, e lo avevo visto parlare con lei. Forse era stato così che lei era venuta a conoscenza della pietra di Luna.

Non mi resi conto che Rosalind fosse in combutta con lui che quando fu troppo tardi.

Camminammo per un altro giorno. Forse un altro giorno e un'altra notte. La nebbia non smise mai di stringersi attorno a noi, e il tempo prese a confondersi. Non potei fare a meno di notare, con non poca sorpresa, che non ci fosse alcun Draugr tra di noi. Ma forse Rosalind aveva ragione—forse quel sogno che aveva fatto era stato invece una visione, e quel nostro viaggio era benedetto dalla Dea.

Ora so che era stato il Re dei Morti, invece, a guidarla nel tragitto, tenendo a bada la sua armata di non-morti.

Arrivammo di fronte ad un fiume, seguendolo fino a quando non sentii il rumore della cascata.

«Qui. La pietra di Luna è qui», disse Rosalind. Ci avvicinammo alla riva fangosa, pestando foglie morte sotto le scarpe. Scalciai una pietra e quella prese a rotolare, rompendo una campana di foglie vicino ad un albero caduto. E... eccola lì: un fascio di luce bianca, lattea, sul fondo di quel grande pozzo.

«Guarda!» Mi coricai di pancia per terra e guardai dentro, al pozzo grande abbastanza da poter occupare ben tre uomini adulti. La pietra di Luna risplendeva sul terreno in fondo. Era grande quanto la mia mano anche da quell'altezza...

«Dovrai scendere giù» disse Rosalind, «per prenderla.»

«Perché dovrei farlo io?»

151

Lei fece cenno ai pantaloni che portavo, e poi alle sue gambe nude.

Con un sospiro, afferrai un lungo ramo e provai a prendere la pietra così, ma il pozzo era troppo profondo perché riuscissi davvero. Rosalind aveva ragione, avrei dovuto scendere giù. Era solo che non volevo; avevo paura del buio, della sensazione di essere completamente rinchiusa.

Ma fu la luce della pietra a richiamarmi. Sistemandomi i vestiti, presi quello stesso ramo e lo utilizzai per aiutarmi nella discesa. La pietra di Luna si fece sempre più rilucente man mano che mi avvicinavo. Per un momento credetti quasi di aver sentito voci di donne cantare, parlare, sussurrarmi all'orecchio...

«Alzala», ordinò Rosalind. Non mi andava di lasciarla, ma mi sarebbe venuto più semplice tornare su senza avere la pietra in mano. Era più pesante di ciò che avessi preventivato, e l'allungai verso Rosalind. Nel momento stesso in cui l'afferrò, lei si allontanò dal pozzo.

«Aiutami a salire di nuovo su», le dissi. Ma non ricevetti risposta. «Rosalind?»

Era già andata via. Le mura del pozzo sembrarono chiudermisi addosso. Mi sentivo come durante le torture che avevo dovuto sopportare in abbazia, intrappolata in quello spazio angusto. I miei palmi bruciavano ancora, dove avevano toccato la pietra di Luna. Chiudendo gli occhi, trovai la forza di tornare su.

Quando arrivai in cima, la nebbia era così spessa che a malapena riuscii a vedere la cascata di fronte a me.

«Rosalind?», chiamai. Il rumore dei suoi passi arrivava lontano, ormai, dal pozzo. Le foglie erano girate in un modo che mi diceva—grazie al mio addestramento—che doveva essere andata di fretta.

Mi feci strada all'interno della nebbia, che sembrava pesante come acqua. Alla fine dei conti, non mi ritrovai sorpresa di trovare Rosalind in piedi a guardare una figura, in alto, nascosta sotto un mantello. L'avevo già vista in quella stessa posizione di fronte al Re dei Morti, prima: quando eravamo state catturate.

Ma quella volta, tra le mani teneva la pietra di Luna. Se fosse finita nelle mani dello stregone, quella lo avrebbe reso invincibile.

Le mie dita afferrarono la fionda prima ancora che potessi pensare lucidamente. Avevo solo un tiro da poter fare. Dopodiché, il Re dei Morti sarebbe stato al corrente della mia presenza insieme a loro, e non avrei avuto altre occasioni. Armai la fionda, la alzai, e mirai verso Rosalind.

Nel momento stesso in cui la pietra la colpì, Rosalind cadde a terra, e con lei anche la pietra. Io scattai in avanti; ci fu un lampo di luce, come quella del Balefire, e l'apparizione sopra le nostre teste scomparve.

Prima di poter afferrare la pietra, però, un corvo apparve improvvisamente di fronte a noi e l'afferrò dal becco, poi sbatté le ali e si poggiò su un ramo alto prima di sparire del tutto.

Fu in quel momento che la nebbia venne spazzata via all'improvviso, e mi ritrovai circondata da Berserker da tutti i lati. Rosalind era lì, accasciata per terra senza sensi e con il sangue che riversava dalla sua testa. Ed io avevo una fionda in mano. I guerrieri pensarono di aver capito immediatamente cosa fosse successo; mi saltarono addosso, legandomi. Mi dissero che sarei stata messa al rogo. E quando dissi loro che non avrei voluto farle del male, loro decisero di non credermi. Era stata colpa mia. Colpa mia...

«Sorrel.» Una mano si poggiò sul mio mento, ed io sussultai a quel calore. Thorsteinn aveva gli occhi fissi nei miei, l'espressione preoccupata. «Sei con noi?»

«Sì» dissi, anche se mi sentivo male dopo tutti quei ricordi. Ma, in qualche modo, mi sentivo anche più leggera.

«Brava bambina» mormorò, stringendomi tra le sue braccia, portandomi calore con il suo corpo prima di stringermi ancora di più la pelliccia attorno al corpo. «Sei stata brava.»

Rabbrividii, e Vik si avvicinò con la torcia. La luce della fiamma danzava intorno a noi, illuminando il largo passaggio

153

dentro il quale ci trovavamo. Per essere una caverna, questa era particolarmente spaziosa e asciutta. Qualcuno doveva occuparsi di tenerla pulita, per forza.

«Avete visto, allora?» chiesi. «Tutto quanto?»

«Lo abbiamo fatto.»

«Non siete... arrabbiati con me?»

Thorsteinn si allontanò un po', per guardarmi meglio. «Per cosa dovremmo essere arrabbiati?»

«Per tutto quanto. Per aver lasciato la montagna. Per aver fatto del male a Rosalind. Dovevo fermarla. Gli avrebbe dato la pietra, e tutto sarebbe stato perduto. Non so se sia stata soggiogata per obbedire ai suoi ordini, o se Rosalind sia entrata in combutta con il nemico dopo il nostro rapimento.»

«Lo sappiamo» mi assicurò lui, strofinando con dolcezza la sua guancia sulla mia. «Non hai fatto niente di sbagliato, Sorrel. Adesso lo sappiamo.»

«Non avremmo mai dovuto dubitare di te» mormorò Vik. «Ti abbiamo delusa, Sorrel.»

«Dobbiamo dire tutto agli Alpha. Se il Re dei Morti ha la pietra di Luna...»

«E Rosalind», interruppi io. «Rosalind sarà punita? Che ne sarà di lei, adesso?»

«Se ciò che è ha fatto è stato davvero un atto di tradimento, allora dobbiamo esserne al corrente. Potrebbe continuare a mentire, e con le sue bugie portare la rovina nella nostra casa», spiegò Thorsteinn.

Io mi lascia andare contro di lui. «Non voglio definirla una traditrice. Il Re dei Morti sa come entrare nella tua testa. Io lo so bene.»

«E lo sanno anche gli Alpha. Lo terranno certamente in considerazione, nel valutare i suoi crimini.»

«Ma cos'è questa pietra di Luna? Davvero può fare ciò

che Rosalind ha detto?» si chiese Vik, grattandosi la barba con fare pensieroso.

«Ho sentito alcune storie, riguardo una strega che ha utilizzato una pietra per imprigionare un vecchio Re, tanti anni fa», disse Thorsteinn. «Ma quella pietra non era mai stata trovata prima. Se quella fosse la stessa che Rosalind ha preso, allora potremmo aver trovato l'arma in grado di sconfiggere il nostro nemico.»

«Dobbiamo andare a raccontare tutto agli Alpha» disse Vik, facendo cenno a me e Thorsteinn di continuare il nostro cammino all'interno della caverna.

Trattenni il fiato lungo tutto il tragitto all'interno delle ombre, ma nonostante tutti i passi che avevamo già fatto, l'aria fredda continuò a bagnarmi il viso, come fossimo ad un passo dall'uscire, senza mai restare chiusi; fu questa realizzazione, alla fine, a calmarmi.

Ad un certo punto ci ritrovammo di fronte una camera poco illuminata, riempita di qualche sedia e un grande tappeto a nascondere il pavimento. Piccoli bracieri illuminavano la stanza, riscaldandola.

«Chi ha creato questo posto?»

«Questa? È una delle salette degli Alpha. Il capo, Samuel, la ridisegna sempre in base alle nuove storie che legge.»

Sbattei le palpebre, e Vik poggiò la torcia all'interno di un cerchio e poi diede una spallata a Thorsteinn. «Intendeva il tunnel, deficiente.»

«Ah» disse lui, aggrottando la fronte, guardandosi intorno. «I nani, probabilmente. Tanto tempo fa.»

Non pensavo creature del genere fossero mai esistite, ma prima di poter chiedere di più, un guerriero entrò all'interno della sala.

«Thorsteinn, Vik», disse, salutando i miei guerrieri. Entrambi inchinarono il capo in segno di rispetto, e fu così che compresi di essere al cospetto di uno degli Alpha. Alzai lo sguardo oltre il braccio di Vik, cercando di capire chi fosse. Lo riconobbi come uno di quelli presenti al mio giudizio, ma poi Thorsteinn spostò il suo peso da un piede all'altro, e mi tolse la possibilità di continuare a guardare. Vik e lui stavano proprio tra me e l'Alpha, la loro posizione rispettosa, ma chiara: se qualcuno avesse provato ad afferrarmi, avrebbero attaccato.

«Come va?» chiese l'Alpha.

«Beh... Sorrel è molto ubbidiente. La compagna perfetta» disse Thorsteinn, con un tono così certo che quasi gli credetti persino io.

Nascosi il viso dietro le grandi spalle di Vik prima che la mia espressione potesse tradirci. Lui mi poggiò una mano sul fianco, intimandomi di fare silenzio.

«Nessun motivo per punirla?» chiese la voce solenne dell'Alpha, con un pizzico di qualcosa che non sapevo bene come definire, mentre ci guardava. Forse divertimento al vedere il modo protettivo in cui Thorsteinn e Vik mi circondavano.

«Non ci serve davvero un motivo, per punire la nostra compagna» chiese Vik, una scintilla di umorismo nel suo tono, in linea con quello dell'Alpha. «Sorrel ha il buon senso di sottomettersi quando capisce di essere stata sconfitta. Lottare per piegarla alla nostra volontà è piacevole e basta.»

Io arrossii violentemente.

L'Alpha si schiarì la gola. «Capisco, capisco» disse, facendo scivolare le dita tra la sua barba lunga e bionda, un gesto che vedevo fare spesso a Vik quando cercava di nascondere un sorriso. «Quindi... il legame è stato formato?»

«Abbiamo motivo di credere di sì.»

«Riuscirebbe a superare un test?» chiese poi, voce grave.

Thorsteinn esitò. Mi sentii il corpo quasi fluttuare, scivolare giù ad ogni secondo che passava in silenzio. «Con il tempo» disse infine il guerriero dagli occhi grigi. «Ci era stata data una Luna intera.»

«Sì... ma le cose cambiano.» L'Alpha fece cenno ai miei compagni e, con riluttanza, Vik mi fece andare avanti, di fronte a lui. Le sue mani si poggiarono sulle mie spalle, ed io ne alzai una per stringere le sue dita.

«Rosalind si è svegliata» disse l'Alpha, parlando direttamente con me. «È successo ieri notte, ma non stava per niente bene. Il nostro guaritore le ha dato un sonnifero nella speranza che potesse allentare il suo mal di testa, ma crediamo che Rosalind si sveglierà nuovamente e molto presto, e sarà in grado di dirci che cosa è successo.

«Ti abbiamo chiamata qui, Sorrel, per darti ancora un'altra occasione di dirci la tua versione di ciò che è successo. Il branco chiede la tua testa» mi ricordò l'Alpha, quando vide le mie labbra stringersi.

«Noi sappiamo cosa è successo» disse Thorsteinn. «Lo abbiamo visto. Niente di ciò che è accaduto può essere attribuito a Sorrel. Al contrario, siamo parecchio certi che ci abbia salvati tutti.» Prendendo un bel respiro, Thorsteinn prese a ripetere ogni singola cosa che, insieme a Vik, aveva visto dentro la mia testa. Vik, per contro, mi strinse contro il suo corpo, ed io mi lasciai andare tra le sue braccia.

«È la verità?» chiese l'Alpha, quando Thorsteinn ebbe finito. Io annuii. L'Alpha aggrottò la fronte. «È davvero grave apprendere che il Re dei Morti possa essere diventato così potente da allungare i propri artigli così tanto da raggiungere le nostre profetesse. Per farlo, deve aver bypassato le protezioni che abbiamo messo intorno alla montagna—»

«Sorrel, Rosalind e le altre profetesse sono state catturate, prima che potessimo arrivare alla montagna. Poco dopo essere state liberate dall'abbazia. Se il Re dei Morti ha stregato Rosalind, potrebbe essere successo in quel frangente. E poi potrebbe aver gettato un maleficio su Sorrel per impedirle di proferire parola a riguardo, e stretto ancora di più la sua presa su Rosalind.»

«Ci sono tante domande ancora senza risposta» disse l'Alpha, giocando distrattamente con la sua barba. «Dove si trova, adesso, questa pietra di Luna? Perché il corvo ha sentito il bisogno di prenderla? Manderemo un messaggio alla strega che ci ha parlato per la prima volta di questa pietra di Luna. Lei saprà dirci di più. C'è ancora tanto da scoprire.»

«Se Sorrel ha ragione, e Rosalind ha tradito il branco, allora le azioni di Sorrel sono state fatte in aiuto a tutti noi» disse brevemente Thorsteinn.

«Sì, sì» mormorò l'Alpha. «Ben fatto, piccola guerriera», disse poi a me. A Thorsteinn e Vik, invece, disse, «Prendete la vostra compagna, e continuate a lavorare al vostro legame. Ma fate attenzione: molti non sono contenti al saperla libera di fare ciò che vuole. Assicuratevi che stia loro lontana, e sempre dal vostro lato della montagna.»

* * *

Vik

LA NOSTRA PICCOLA GUERRIERA RESTÒ A RIMUGINARE, in silenzio, durante tutto il tragitto per tornare a casa. Non si accorse neanche che avevamo preso un'altra strada, facendo il giro più largo, verso la parte più popolata della montagna. Restammo vicini al confine di protezione, ma avvicinandoci più di quanto qualsiasi altro Berserker avrebbe fatto con la propria compagna. Quello che avevamo detto all'Alpha Ragnvald era vero: Sorrel non era una compagna come le altre. Era forte, sia fuori che dentro. Era nata per combattere.

Proprio come noi eravamo nati per sottometterla e proteggerla. Quella continua spinta tra di noi aiutava la

Bestia; la calmava. Con Sorrel, la nostra vita sarebbe stata per sempre movimentata... e noi non avremmo potuto immaginare un futuro migliore.

Presi a ridere quando mi resi conto di quanto vere fossero le mie parole. Sorrel mi scoccò uno sguardo di fuoco, disgustato.

«Sono contenta che tu sia felice», borbottò, arrabbiata.

«Tu sei qui. Noi siamo qui. Siamo liberi» dissi, poi feci cenno alla strada di fronte a noi. «È stata una bella giornata. Perché non dovrei essere felice?»

«Perché la mia amica ancora giace con la testa rotta—e a romperla sono stata io», sibilò lei. «Perché il branco intero mi vuole morta, e la cosa non cambierà. Perché sono stata maledetta—» Sorrel continuò a mormorare cose rabbiose anche quando io la zittii con le mie labbra sulle sue. La baciai fino a quando lei non spinse i denti contro il mio labbro inferiore, facendomi sanguinare. Ed io scoppiai a ridere di nuovo.

«Non ci posso credere... *oh*—» sibilò, poi scattò verso di me, abbassandosi all'ultimo minuto per colpirmi come le avevo insegnato. Io mi girai e l'afferrai—ero stato io, del resto, ad insegnarle quella mossa—prima di gettarmela sulle spalle.

«Facciamo a gara» sussurrai a Thorsteinn, che ancora sembrava teso. «E tu», dissi poi a lei, dandole uno schiaffo sul sedere. «Fai silenzio, adesso. Non vogliamo attirare l'attenzione di nessuno, non è forse vero?»

Sorrel continuò a dimenarsi e combattere per liberarsi per tutto il tempo fino a quando non arrivammo a casa, fermandosi soltanto per darmi il tempo di arrampicarmi su insieme a lei. Era troppo silenziosa; così silenziosa, che sapevo stesse tramando qualcosa.

E, infatti, una volta dopo aver messo piede sul pavimento di legno, Sorrel si staccò da me e andò via, veloce come un pesce. Poi afferrò il mio coltello e si avvicinò di nuovo, pronta a pugnalarmi. «Il mio piccolo lupo, armata di un grande dente affilato. Vuoi farmi sanguinare? Fai del tuo peggio.»

Mi girai a guardarla, e lei mi attaccò, ancora e ancora. Io seguii i suoi movimenti, fermando gli attacchi, spostandomi dal lato opposto.

Alla fine, solo lei era senza fiato.

«Finito?» chiesi.

Lei annuì.

Mi asciugai il sangue dal braccio, dove ero stato preso di sorpresa e ferito. Ma quegli occhi luminosi che aveva in quel momento, quel segno di vittoria, ne avrebbe sempre valso la pena. Mi liberai con una sola mossa della mia giacca, e venni ricompensato con l'odore del suo desiderio a scivolarmi lungo le narici. «Pronta a scopare?»

Occhi fissi sul mio petto nudo, Sorrel annuì.

«Finalmente» mormorò Thorsteinn, entrando in casa.

«La nostra compagna è pronta, ma non è ancora sottomessa» gli dissi. «Penso che sia arrivato il momento di mostrarle cosa facciamo, noi, con le compagne che rifiutano di sottomettersi ai propri padroni.»

Thorsteinn strinse un braccio intorno a Sorrel, portandola contro il suo petto.

«Ho creato una cosa per te» le dissi, afferrando una corda per portare giù una grande e robusta struttura fatta di rami.

L'espressione di Sorrel si svuotò del tutto. «Una gabbia? Mi hai creato una gabbia?»

«Questa ti piacerà», promise Thorsteinn. E nonostante ciò, fu dura convincerla ad entrare. Tra i due, però, riuscimmo a spogliarla completamente e rinchiuderla dentro. Finì per stare a quattro zampe, ma ancora capace di contorcersi e muoversi.

«Così non va bene» mormorai, e le legammo i polsi alla

rete della gabbia mentre lei provava a morderci, in preda alla rabbia. Una volta assicurata sul davanti, io le divaricai le gambe e le legai così, in modo tale da tenere entrambi i suoi buchi completamente in mostra per noi.

«Ora sì» dissi.

Thorsteinn gemette.

«Fatemi uscire» ordinò Sorrel, tirando le corde.

«No. Non fino a quando non ci darai piacere» dissi io, i miei pantaloni stretti intorno alla mia erezione; così li sbottonai.

«Se mi avvicini quel cazzo alla faccia te lo mordo» sibilò lei.

«Allora resterai chiusa qui dentro per un bel po' di tempo» le disse Thorsteinn, dando qualche pacca alla gabbia.

Lei digrignò i denti.

Io mi girai a guardare Thorsteinn. «Che ne dici, accendiamo il fuoco? Oppure andiamo a caccia? Potremmo sempre andare alla ricerca di un altro—»

«E va bene» mormorò Sorrel. «Come volete.»

Avevo costruito la gabbia con sbarre larghe abbastanza da poterci entrare le braccia. E lo facemmo in quel momento, accarezzandole la schiena e le gambe.

Le scossai un sorrisetto. «Te l'avevo detto che ti sarebbe piaciuta, questa gabbia.»

«Beh, però ti sei sbagliato. Non mi piace per niente.»

«Perché non sai come godertela.»

Lei mi scoccò uno sguardo di fuoco.

«Chiudi gli occhi.» Aspettai fino a quando lei lo fece, e la ricompensai facendo scivolare le dita lungo la sua schiena. Thorsteinn si unì a me dall'altro lato, e insieme continuammo ad accarezzarla, a massaggiarle il collo e le spalle, a stringere tra le dita la pelle delle sue gambe, a darle lievi schiaffi sul sedere.

«Vedi?» mormorò Thorsteinn, inginocchiandosi per ispezionare le sue labbra inferiori. «Te l'avevamo detto che ti sarebbe piaciuta.»

E infatti, la pelle in mezzo alle sue gambe scintillava di desiderio. Le sbarre erano larghe abbastanza per permettere a Thorsteinn di allungare il braccio e stuzzicarla lì. Sorrel sussultò e provò ad allontanarsi da quel tocco, all'inizio, ma Thorsteinn avvicinò a quel punto il viso alle sbarre e si spinse quanto più potesse per toccare le sue labbra soffici e bagnate con la lingua, leccando via i suoi umori.

Io mi inginocchiai dall'altro lato e allungai le mie braccia, stringendo tra le dita i suoi seni, tirando con forza i suoi capezzoli turgidi e godendomi il modo in cui Sorrel inarcava la schiena per seguire il mio tocco.

Dopo molti minuti, il suo respiro si fece più corto; spezzato. Lasciò cadere la testa in giù. Io allungai la mano indietro, afferrandole i capelli e alzando nuovamente il suo viso per avere a mia disposizione le sue labbra.

«Non—» cominciò, ed io le catturai tra le mie, soffocando quella protesta.

«Calma. Tanto non puoi muoverti, ricordi? Non hai dove andare fino a quando non te lo permetteremo noi. L'unica cosa che puoi fare è... essere.»

«Essere cosa?» chiese lei, la voce sconnessa, come fosse ubriaca.

«Nostra, piccola guerriera» sussurrai. Spinsi le mie dita dentro la sua bocca, e lei le prese di buon grado, succhiando. Il mio cazzo pulsava, minacciando di rompere i miei pantaloni. Lo liberai e lasciai che si curvasse sul mio stomaco, già bagnato.

Thorsteinn continuò a leccarla, approfittandosi di quel suo stato d'impotenza. Le afferrò il sedere, alternando momenti in cui semplicemente stringeva, e momenti in cui schiaffeggiava la pelle morbida e tonda. Lei continuò ad arcuare la schiena, spingendo il sedere sulle sbarre, gemendo.

Thorsteinn la penetrò con le dita, e Sorrel s'irrigidì e tremò, la sua bocca tesa. Le mie dita spinsero giù i suoi gemiti, la sua lingua a stringersi intorno alla mia pelle ruvida, leccando mentre io continuavo a scopare la sua bocca con la mia mano.

«Sì, così» gemetti, la voce gutturale, godendomi il tremolio del suo corpo al suono della mia voce. La gabbia prese a tremare sotto le spinte di Sorrel per prendere più a fondo le dita di Thorsteinn. Quando con la mano libera andai a stringere i suoi capezzoli, lei gemette ancora una volta. Il piacere la prese in quel momento, e Sorrel si liberò in un orgasmo che fece tremare ancora una volta la gabbia.

Non ce la facevo più; mi allontanai abbastanza per afferrare la corda e staccarla dalla sua sicura, abbassando la gabbia perché si fermasse tra me e Thorsteinn. Sorrel alzò la testa per potermi guardare. A quell'altezza, era proprio al posto giusto per succhiarmi il cazzo.

«Piano. Non usare i denti. Se mi mordi, ti lascio qui dentro» minacciai, toccando la gabbia. «Capito?»

La sua risposta mi arrivò soffocata dal mio cazzo, quando lo spinsi con forza dentro la sua bocca. Sibilai quando lei mi prese fino in fondo. La sua lingua prese a leccare lungo tutta la mia erezione, trovando ogni singolo punto sensibile. Le mie palle pendevano pesantemente, piene di tutto lo sperma del mondo pronto ad essere rilasciato dentro la sua bocca perfetta. Le strinsi con forza i capelli tra le dita, insegnandole il modo perfetto per darmi piacere.

Dall'altro lato, Thorsteinn si era già liberato dei suoi pantaloni. Sorrel gemette intorno al mio cazzo quando lui la penetrò con violenza. La gabbia prese a dondolare tra di noi. Ogni volta che lui spingeva, lei prendeva il mio cazzo ancora più in profondità. Stringendo con forza le sbarre tra le mani, mi spinsi dentro la sua bocca. Thorsteinn ed io trovammo il nostro ritmo, dondolandola da un lato all'altro mentre con forza la penetravamo da entrambi i lati. Sorrel strinse le mani sulle sbarre, i suoi capezzoli turgidi e doloranti, gli occhi chiusi dal piacere mentre la riempivamo. Ma la cosa più bella era che non poteva né muoversi né parlare. Le avevamo tolto ogni singola possibilità di scelta, e l'unica che le era rimasta era quella di lasciarci usarla per il nostro piacere e il suo.

Thorsteinn dovette aver allungato il braccio per stimolarla ancora, perché ben presto Sorrel prese a tremare in preda ad un altro orgasmo, gemendo intorno al mio cazzo. Mi spinsi con violenza dentro la sua bocca, lasciandomi andare, venendo con forza, facendole perdere il respiro. Quasi soffocò, e vidi i suoi occhi inumidirsi, ma non fece nient'altro. Prese tutto ciò che avevo da darle. Le circondai le guance con le mani dopo essermi tirato fuori dalla sua bocca, asciugandole le lacrime che si erano raggruppate agli angoli dei suoi occhi.

«Ben fatto, piccolina» la lodai, baciandola. Lei sorrise contro le mie labbra.

«Sei più coraggioso di me» mormorò Thorsteinn. Mi allontanai un po', lasciandolo finire. Sorrel urlò quando lui prese a penetrarla più forte, stringendo le sbarre della gabbia per spingere violentemente. La casa si riempì del rumore di pelle che sbatte contro pelle bagnata. Sorrel tremò e tremò, orgasmo dopo orgasmo a prenderla. Con un ruggito in grado di far tremare anche le mura della casa, Thorsteinn venne dentro di lei.

Aspettai nient'altro che un minuto prima di slegarle i polsi e le gambe, prendendola tra le mie braccia mentre lei si lasciava andare ad un sospiro contento.

«Visto?» le dissi, con sfacciataggine. «Te l'avevo detto che ti sarebbe piaciuta, questa gabbia.»

CAPITOLO 7

 orrel

«SORREL.» Vik prese a scuotermi per svegliarmi. «Sorrel, alzati.»

«Che succede?» chiesi io dopo aver aperto gli occhi, nel momento in cui mi accorsi dell'espressione torva che entrambi i miei guerrieri portavano.

«Gli Alpha ci hanno chiamati. Noi dobbiamo andare, ma tu devi restare qui.»

Mi strofinai il viso; il corpo ancora doleva a causa di ciò che avevamo fatto prima che mi addormentassi. Era ancora notte, però. C'erano pochissimi uccellini a cantare nell'oscurità.

Fuori casa, qualcuno chiamò Thorsteinn. Io mi lasciai andare di nuovo contro le pellicce.

«Che sta succedendo? Chi è che chiama?»

«Gli Alpha hanno chiesto al branco di riunirsi alle pietre.

Abbiamo la possibilità di raccontare la tua storia a tutti; ti lasceremo con qualcuno di guardia.»

«Perché non posso venire con voi?»

«È troppo pericoloso. Ci sono alcuni guerrieri arrabbiati dal corso che hanno preso gli eventi. Gli Alpha vogliono parlare al branco intero senza alcuna distrazione.»

Ed ero io, quella distrazione. Deglutii. «Non voglio che mi lasciate.»

«Non staremo via per molto. Solo per un po'. Torneremo da te, Sorrel. Te lo prometto.» Lasciai che Vik mi schiacciasse con il suo peso, chiudendo gli occhi contro il suo petto mentre lui mi baciava i capelli.

«Alza la corda quando noi saremo giù» mi ordinò Thorsteinn prima di andarsene.

Li guardai scivolare giù, lungo la scala di corde, e salutai il guerriero che sarebbe stato la mia guardia: Knut, il compagno di Hazel.

«Sorrel» mi richiamò Thorsteinn, tirando la corda per farmi cenno di alzarla, ed aspettò che fosse di nuovo su prima di cominciare a camminare verso la radura di pietre. Knut prese posto accanto al grande albero, metà fuori e metà dentro le ombre.

Quando rientrai in casa, mi sedetti di fronte al fuoco e cercai di concentrarmi sull'affilare le mie frecce, ma non riuscivo a calmarmi. E se gli Alpha non avessero creduto alle parole di Vik e Thorsteinn? E se il branco fosse andato loro contro? I miei compagni sembravano essere davvero gli unici a volermi difendere. Poggiai tutte le mie armi per terra, contandole, poi le raggruppai insieme e cominciai a farmi più nervosa. Vik e Thorsteinn avevano rischiato tutto quanto, per me. Era colpa mia se il legame non si era ancora formato. Perché ero così stupida?

Un ululato si alzò distante. Un lupo solitario, la sua voce sempre più forte fino a quando non fu raggiunto da un altro.

E un altro. E un altro ancora, fino a quando un'intera schiera di lupi non cominciò a cantare una melodia inquietante. Mi accarezzai la pelle delle braccia, camminando avanti e indietro ancora.

Knut non aveva lasciato la sua postazione accanto all'albero. I suoi occhi restarono costantemente incollati al sentiero. Una miriade di luci si alzò in lontananza, e il mormorio di voci lontane si unì agli ululati.

I guerrieri stavano arrivando.

«Andiamo a prenderla!» urlavano. «Andiamo a prendere l'assassina!»

Mi allontanai dall'ingresso della capanna e andai a spegnere il fuoco. Le mani non mi tremavano più; ora che guardavo le mie armi già raggruppate insieme, mi chiesi se, forse, dentro di me, non l'avessi previsto. I guerrieri stavano venendo a prendermi—quella folla arrabbiata avrebbe fatto fuori Knut, e poi mi avrebbe catturata.

Strinsi con forza lo zaino pieno di armi, poi afferrai la scala di corda, la slegai e la feci scivolare oltre una finestra dall'altro lato della casa, lasciandola nascosta dagli altri alberi. Vik e Thorsteinn non avevano avuto bisogno di insegnarmi a scalare; ero stata brava a farlo da sola, quello, quando ancora ero in abbazia e cercavo di scappare dalle suore.

A testa bassa, mi allungai verso un ramo e mi spinsi in avanti per quanto me lo permettesse.

Il coro di voci arrabbiate si fece sempre più forte. Ai piedi della casa, vidi la luce delle torce lampeggiare. Fu un urlo ad accoglierli: Knut, che ordinava loro di fermarsi. Ma un solo guerriero non avrebbe mai potuto fermare una folla di pazzi.

Con attenzione, presi la scala di corda e la legai ad un altro ramo, facendola cadere giù. Mi fermai, aspettandomi di sentire l'urlo di qualcuno che segnalava la mia presenza, che segnalava il mio essere stata scoperta, ma tutto ciò che riuscii a sentire fu Knut che continuava a parlare con i guerrieri, che cercava di fermarli. Poi il rumore di metallo contro metallo: avevano tirato fuori le armi, e avevano cominciato a combattere.

«Eccola—dietro l'albero! Sta scappando!»

Il resto della fuga lo ricordo come fosse passato in un secondo. Io che scappavo a gambe levate, che scivolavo giù dalla corda, che incontravo il terreno con forza e, più velocemente possibile, ritrovavo il mio equilibrio per riprendere a correre e scappare.

Da quel momento in poi, la mia fuga diventò un po' un gioco: i guerrieri presero a rincorrermi mentre io mi immettevo sempre di più nel fitto della foresta, abbassandomi sullo stomaco e strisciando sotto i rovi mentre i guerrieri imprecavano e cercavano un altro modo per seguirmi.

Un lupo quasi non mi prese quando mi tirai fuori, ed io scattai su un altro albero, correndo sopra i rami, saltando da uno all'altro.

Feci l'errore di guardarmi indietro soltanto una volta: un fuoco enorme si era alzato in Cielo. Un singhiozzò mi costrinse la gola quando mi resi conto di cosa era: i guerrieri avevano dato fuoco a Yggdrasil. Avevano dato fuoco alla mia casa.

Forzando le mie gambe a continuare, a non fermarsi, mi abbassai e presi a rotolare giù dalla collina, scappando verso il confine della montagna.

* * *

Thorsteinn

ERO IN PIEDI DI FRONTE AGLI ALPHA, le braccia incrociate al petto. Accanto a me, Vik stringeva la sua ascia tra le dita.

«Il corvo è un messaggero di Odino», stava spiegando uno degli Alpha agli altri. «Possiamo solo sperare che il Re dei Morti non abbia cominciato ad utilizzarli per i suoi scopi malefici.»

«Avete sentito nulla dalle streghe?»

«Non ancora. E Rosalind si è svegliata, ma non ricorda nulla» continuarono a mormorare gli Alpha, mentre noi attendevamo.

Alla fine, impaziente, mi schiarii la gola.

«Abbi pazienza, guerriero» mi disse Samuel, guardandomi con comprensione. «Stiamo aspettando che il branco si riunisca.»

«Con tutto il rispetto» risposi io, inclinando il capo. «Ma abbiamo lasciato la nostra compagna da sola, e le abbiamo promesso di tornare in fretta.»

«Quindi siete adesso accoppiati?» chiese Daegan.

«Il legame è nuovo, ma crediamo sia forte» rispose Vik. «Ma anche se non dovesse sopravvivere ad un esame adesso, Sorrel è la nostra compagna; noi la reclamiamo. Chiunque la vuole morta, allora dovrà passare dalle nostre asce.»

«Ben detto» disse Maddox, battendo un pugno sul bracciolo della sua sedia. Ragnvald strinse le dita tra di loro, pensieroso. Samuel aprì la bocca, pronto a dire qualcosa, ma prima ancora che potesse farlo, un ringhio alto ci fece girare tutti verso la porta.

«Thorsteinn! Vik!»

«Knut?» chiesi io, già allarmato, l'arma già stretta tra le dita.

«Fuoco—nella casa» riportò.

«Sorrel—»

«È scappata.»

«Cosa? Che cosa vuol dire tutto questo?» ruggì Samuel.

«La folla è venuta a prenderla», disse Knut. «Non ho potuto fare nulla per fermarli.»

Samuel scattò in piedi. «Ho dato ordine—»

«Non gliene è fregato un cazzo degli ordini» scattò Knut, rosso in viso.

«Sorrel», sussurrai. Come fossimo uno solo, Vik ed io stringemmo le nostre armi con forza e scattammo fuori. Avremmo ritrovato la nostra compagna.

* * *

Sorrel

RAGGIUNSI IL CONFINE ALLE PRIME LUCI DELL'ALBA. Non c'erano Draugr in vista, ma per sicurezza lanciai comunque qualche pietra runica con la mia fionda oltre il bordo. Ero contenta di aver avuto l'accortezza di essermene portata dietro qualcuna.

Esitai ai piedi della collina, cercando di capire che opzioni avessi. Avrei potuto continuare a scappare e nascondermi da qualche parte, sperando che Thorsteinn e Vik mi trovassero per primi. Non c'era modo per me di lasciare tracce che potessero seguire, perché avrei rischiato che lo facessero prima gli altri guerrieri.

Oppure avrei potuto continuare a correre senza fermarmi, e lasciarmi andare al territorio nemico. Avevo le capacità di sopravvivere fino all'arrivo dei miei guerrieri. Anzi; avrei potuto vivere lì, selvaggiamente, per sempre. Proprio come avevo sempre desiderato, proprio come era stato sempre il mio piano, prima di essere catturata dai Berserker. Avrei potuto essere libera.

Ma la libertà ormai non significava più nulla per me, senza Thorsteinn e Vik. Non era stata mia intenzione, farli entrare nel mio cuore... ma avevano gettato a terra ogni singola mia barriera. Avevano fatto breccia all'interno senza che io potessi fermarli.

Afferrando una freccia e il mio arco, presi la mira e tirai verso un albero, graffiando la corteccia nella direzione in cui sarei andata. I miei guerrieri erano tracciatori esperti; loro avrebbero capito. Mi avrebbero trovata.

Ero quasi ormai vicina al confine quando un gruppo di guerrieri sbucò fuori da un boschetto di betulle.

«Presa» disse Ragnar, afferrandomi per il collo della giacca.

Provai a liberarmi, ma senza risultato. I guerrieri presero me, il mio arco e le mie frecce, e andarono via.

* * *

Vik

ARRIVAMMO AL NOSTRO RIFUGIO PROPRIO QUANDO LE ULTIME TAVOLE DI LEGNO PRESERO UFFICIALMENTE FUOCO. Dall'alto pioveva cenere e legno bruciato. Alcuni guerrieri, lì di fronte, erano intenti ad applaudire. Contenti di aver rovinato la nostra casa. Thorsteinn li spostò ad uno ad uno, ignorando i loro insulti. Dovevamo trovare Sorrel; quella era la cosa importa.

«Da questa parte» dissi io, correndo verso i resti della casa. Qualcuno le aveva dato fuoco così che sparisse. Le estremità carbonizzate ancora bruciacchiavano sopra le nostre teste.

«È andata via da qui» dissi, indicando una serie di impronte. «Deve aver corso da quella parte, tra i rovi.»

«E ha uno zaino» mormorò Thorsteinn.

«Sapeva che il rifugio sarebbe stato attaccato; l'ha preventivato. È andata via prima che succedesse» dissi con rabbia. «Non ci ha lasciato, Thorsteinn» sibilai, passando oltre lui dandogli una spallata. Dentro di me, potevo soltanto sperare di avere ragione.

«Dobbiamo trovarla, quindi muoviti» continuai ancora, e presi a correre lungo la collina, lasciando la nostra casa in fiamme dietro le mie spalle.

* * *

Sorrel

IL MONDO INTORNO A ME ERA BAGNATO DALL'OSCURITÀ. Un sacco mi copriva viso e corpo, e fili ruvidi mi sfregavano il viso. L'odore di sporco era ovunque. Deglutii la mia nausea mentre i guerrieri continuavano a portarmi come fossi un sacco di patate, incuranti del modo in cui stavo soffocando. Mi batteva così forte, il cuore, nel petto, così presa ero dal panico, che dovetti stringere con forza i denti per non urlare.

Thorsteinn e Vik sarebbero venuti a prendermi. Mi avrebbero trovata, e sarebbero venuti a prendermi.

«Eccoci qua» ringhiò qualcuno, e il mio mondo girò sulla sua asse. Venni scaraventata per terra, e per un attimo restai attonita. Qualcuno mi afferrò le gambe e mi tirò, ed io mi sentii cadere, cadere, *cadere*.

Atterrai nell'oscurità. Sopra la mia testa, alcuni guerrieri ridevano di gusto, i loro volti affacciati oltre il bordo del profondo pozzo dentro il quale mi avevano gettata.

«Ecco qua. Questo t'insegnerà le buone maniere.»

«No... No, per favore» dissi, alzando le braccia verso il Cielo, ma d'un tratto quello venne oscurato del tutto, nascondendo via il Sole. I guerrieri avevano chiuso l'entrata.

E tutto si fece buio.

* * *

Thorsteinn

«GUARDA.» Indicai il sentiero pieno di foglie rotte dai piedi di Sorrel. «È andata verso il confine.»

«Certo che l'ha fatto», disse Vik. «Sa come si sopravvive. Glielo abbiamo insegnato noi.»

Si allontanò, ed io gli corsi dietro. «Dobbiamo tenere in considerazione la possibilità che non voglia essere trovata. Ha preso lo zaino. Ha preso del cibo—»

«No», m'interruppe Vik. «Non è scappata via da noi.»

«Potrebbe averlo fatto. Le donne scappano sempre.»

«*Sorrel non è una donna comune*» ringhiò Vik contro di me. «È nostra.» La pelle sulle sue braccia prese a sfrigolare, pronta a trasformarsi. La Bestia era vicina alla superficie.

Fu in quel momento che vidi la freccia, la sua coda a fluttuare sopra le nostre teste. «Guarda lì!» urlai, e Vik grugnì. Ci girammo e corremmo verso dove la freccia puntava.

«Perdonami, Sorrel» mormorai tra me e me. «Non avrei mai dovuto dubitare di te.»

* * *

Sorrel

UN GEMITO STRANO RIEMPÌ IL POZZO. Le mie mani volarono intorno alla mia gola, e realizzai che ad emettere quel suono ero stata proprio io. Si fermò di colpo, e non ci fu più nulla.

173

Nessun rumore, nessuna luce. Avevo il battito del cuore a rimbombare nelle mie orecchie.

Qualcosa si muoveva, nell'oscurità. La vedevo alzarsi per inghiottirmi. Presto, di Sorrel non sarebbe rimasto alcunché. Di me non sarebbe rimasto più nulla.

«Lasciatemi uscire» dissi, e fuori dalle mie labbra quella preghiera uscii come nient'altro che un suono sussurrato. Ma nella mia testa, io stavo gridando.

L'oscurità mi avrebbe mangiata viva. Ma quando chiusi gli occhi, vidi uno sprazzo di luce.

Eccola! Una luce, vicina alla porta. Solo uno spiraglio, ma era abbastanza.

Thorsteinn? Vik? Aiutatemi, vi prego!

* * *

Vik

CORREMMO NELLA NOSTRA FORMA DA MOSTRI, alla ricerca di Sorrel. Seguimmo le sue tracce fino al confine... e poi dritti al gruppo di guerrieri. Seguimmo le loro tracce e li perdemmo arrivati al fiume.

«Dov'è?» ululò Thorsteinn.

Io imprecai. La foresta sembrava girare in cerchio.

Le foglie volarono intorno a noi quando Thorsteinn si mise a quattro zampe e prese a rastrellare la terra con i suoi artigli.

Vik..., sentii la voce sussurrante di Sorrel.

«Sorrel?» urlai, girandomi di scatto. «Dove sei?»

La Bestia che era Thorsteinn girò il muso verso di me.

Lo senti? gli chiesi attraverso il nostro legame.

La Bestia grugnì.

Vik! Thorsteinn! Aiutatemi!

Sorrel! Urlammo entrambi, allungando il nostro legame quanto più potessimo verso di lei. *Parla con noi.*

Aiutatemi!

Io e Thorsteinn stavamo già correndo, la foresta nient'altro che un'immagine sfocata accanto a noi.

Cos'è successo? Dove sei?

Io... ho lasciato la casa. Ho dovuto, singhiozzò. Era rinchiusa. In un posto freddo e buio, stretta in sé se stessa. Aveva paura. Sorrel odiava il buio.

Lo sappiamo, rispose Thorsteinn, e la sua voce sembrava quella umana nonostante fosse nella sua forma da Bestia, a volte a quattro zampe, a volte su due.

Sono arrivata al confine. Ma lì i guerrieri mi hanno presa, e adesso non posso uscire.

Resta con noi, Sorrel, le dissi. *Continua a parlare. Resta con noi. Stiamo arrivando. Sai dove ti hanno portata?*

Silenzio.

Poi un pianto da straziare il cuore.

È buio, è buio, è buio.

«È buio...» ripetei ad alta voce. «Sorrel odia il buio. Ma soltanto quando ci è rinchiusa dentro, come...» Mi fermai di colpo, e prima ancora di dirlo, Thorsteinn aveva capito. Ruggì ferocemente accanto a me.

«La fossa.»

«So dove trovarla» gli dissi, dirigendomi nuovamente verso la radura delle pietre.

* * *

Sorrel

. . .

175

L'OSCURITÀ MI STRINGEVA DA CAPO A PIEDI, strisciando sulla mia gola. Non potevo parlare. Potevo soltanto stare dentro la mia mente.

Thorsteinn... Vik... Vi prego...

Sorrel? Sorrel!

Sono qui. Mi hanno presa—dissi, facendo vedere loro dov'ero.

Resta con noi, piccola guerriera. Mantieni la calma. Stiamo venendo a prenderti.

Un ruggito mi riempì le orecchie. Qualcuno stava grattando sulla pietra che era stata gettata sul buco della mia prigione, per lasciarmi al buio. Mi nascosi nell'oscurità, temendo che i miei tormentatori fossero tornati per farmi del male.

Un corpo enorme atterrò proprio accanto a me.

Sorrel, grugnì la Bestia nella mia testa. Vik, il suo corpo enorme e dalla forma mostruosa, il pelo grigio a ricoprirgli torso e braccia. Il muso era allungato, come quello di un lupo, e i suoi denti aguzzi brillavano anche nell'oscurità. Non sentii alcuna paura. Corsi verso di lui.

Vik!

Sorrel! Sono io. Sono qui.

Mi alzò da terra, stringendomi al suo petto duro, aiutandomi ad aggrapparmi alle sue spalle. *Tieniti forte, bambina,* mi ordinò.

Io mi strinsi con tutta la forza che ancora sentivo mentre lui spingeva i suoi artigli dentro le pareti del pozzo. Poi cominciò ad arrampicarsi.

* * *

Vik

. . .

176

USCII FUORI DALLA FOSSA GIUSTO IN TEMPO PER INCONTRARE LA FOLLA ARRABBIATA. Thorsteinn era già intento a combattere con tre guerrieri, schivando, scattando, parando i loro colpi con la sua ascia.

Nascosi Sorrel dietro di me, ruggendo con rabbia ad un altro gruppo di guerrieri.

«Codardi!» urlai. «Attaccare la nostra compagna indifesa!»

«Ha provato ad uccidere una—» l'urlo arrabbiato di un altro guerriero s'interruppe di colpo quando qualcosa lo colpì dritto in gola: una freccia, e il suo viso prese a contorcersi durante la trasformazione in Bestia.

Sorrel non era più dietro di me; ora era al mio fianco, e quando alzò il viso, io ci vidi nient'altro che furia combattiva.

La amavo da morire.

Alzò l'arco e prese un'altra freccia, annuendo verso di me prima di girarsi verso la folla impazzita. «Avreste fatto meglio a lasciare le mie armi lontane da me» sibilò con occhi di fuoco, facendo scoccare ancora un'altra freccia verso la mischia.

Scoppiai a ridere di gusto, completamente selvaggio. Poi, ruggendo, afferrai la mia ascia, e scattai all'attacco.

* * *

Sorrel

TUTT'INTORNO A NOI, i guerrieri infuriavano, maledicendo il mio nome, domandando il mio sangue.

Thorsteinn e Vik erano avanti, mostri enormi ricoperti di pelo nero e grigio, impedivano alla folla di raggiungermi per quanto potessero. Ma io ero tutt'altro che indifesa: indietreg-

177

giai fino ad una grande roccia, scegliendo con cura i miei bersagli, sparando oltre le teste dei miei mostri.

«Adesso basta!» ruggì un guerriero biondo. Io alzai in alto il mio arco quando vidi lui e gli altri tre Alpha unirsi alla battaglia. Due con i capelli neri, uno di loro coperto dai tatuaggi, presero ad attaccare furiosamente la folla impazzita, spingendola via, facendosi spazio, ringhiando a Thorsteinn e Vik di fermarsi.

Un fruscio d'ali nere catturò la mia attenzione. Lì, a circolare nel Cielo, proprio vicino a noi, c'era il corvo. Tra i suoi artigli brillava una pietra familiare.

«La Pietra di Luna!» urlai. Ero rimasta senza frecce. Cercando nelle mie tasche, afferrai le pietre runiche, le strinsi tra le foglie e poi le gettai per terra.

La radura venne scossa dall'esplosione. I Berserker caddero per terra, tossendo a quell'odore acre.

La testa mi scoppiava quando Thorsteinn e Vik, strisciando, vennero da me.

«Sorrel? Sei ferita?»

«No», tossii io. «Ma c'era il corvo—guardate—»

Un bagliore accecante, e una donna apparve tra noi e gli Alpha. I suoi capelli erano di un biondo argentato. Aveva addosso nient'altro che una semplice veste; le gambe erano nude.

«Ora basta» ordinò, la voce bassa ma, in qualche modo, capace di rimbombare su tutta la radura. Le urla cessarono di colpo.

«Yseult», la salutò Samuel, togliendo la polvere dai suoi occhi rossi.

Quattro enormi guerrieri vestiti con armature che non avevo mai visto si fecero avanti, circondando la strega, impedendo a chiunque di guardarla. Forse era meglio così—la sua bellezza era troppo accecante per poter restare a fissarla.

«Noto di essere arrivata appena in tempo» disse, incrociando le braccia al petto.

«Portate i guerrieri via da qui» ordinò Samuel, e gli altri Alpha presero a spingere la folla impazzita via dalla radura. «Obbedite agli ordini, altrimenti nella fossa ci finite voi» sibilò uno di loro.

«Chi è stato ad appiccare il Balefire?» chiese Samuel.

«Sono stata io» risposi, alzando la voce. «Ho visto il corvo che ha rubato la pietra di Luna. Non sapevo cos'altro fare per fermarlo.»

«Hai fatto la cosa giusta» mi sussurrò Vik. Lui e Thorsteinn erano fermi di fronte a me, a proteggermi così come i quattro guerrieri in armatura proteggevano Yseult.

«Sono io ad avere la pietra di Luna» disse lei, alzandola in aria. Luccicò nella luce del giorno, bagnandoci con la sua luce soffice. «Una delle mie sorelle l'ha vista mentre volava sulla radura. L'ha portata da me. Non ho scoperto ciò che è successo tra le profetesse che quando avete mandato un messaggio.»

«Quindi può testimoniare ciò che è successo?»

La strega annuì. «La sua vista era un po' sfocata dalla sua forma animale, ma ne può parlare senza problemi. Ha visto una profetessa allungare la pietra verso il Re dei Morti, e un'altra colpire la prima per fermarla dal farlo.»

Sussultai al sentire le sue parole, ma la strega continuò senza problemi. «Senza Sorrel, la pietra di Luna sarebbe ormai nelle mani sbagliate. Grazie a lei, adesso abbiamo ciò che ci serve: con la Pietra di Luna in nostro possesso, sconfiggeremo il Re dei Morti una volta e per tutte.»

CAPITOLO 8

 orrel

Gli Alpha ci chiesero di aspettare all'interno della caverna mentre loro continuavano a parlare con la strega. Vik e Thorsteinn si rifiutarono di lasciarmi da sola, anche quando uno di loro suggerì agli altri di quanto, forse, non sarebbe stato il caso di lasciare una profetessa da sola con due Berserker nella loro forma da Bestia.

«Sorrel non li teme. Perché dovremmo metterci in mezzo?» chiese quello biondo e calmo, Ragnvald, scoccami un occhiolino.

Dentro la caverna, mi sottomisi ai controlli dei miei guerrieri, che con le loro zampe presero a controllare il mio corpo alla ricerca di ferite. «Sto bene. Siete arrivati prima che potessero farmi qualcosa.»

«Non avremmo dovuto lasciarti. Non lo faremo mai più.»

Dovetti mandare giù il groppo che mi si era formato in gola. «La folla ha fatto bruciare la nostra casa...»

181

«Ne costruiremo una più bella» disse Vik, stringendomi la mano. «Sorrel... ci hai chiamati.»

«Dovevo farlo, non è così?» dissi, arrossendo. «Era l'unico modo che avevo. Non volevo che pensaste che ero andata via da voi.»

«Io ho avuto qualche dubbio, all'inizio» ammise Thorsteinn. «Ma quando ho visto quella freccia, ho capito che non avevi fatto altro che scappare per salvarti. Non per andare via da noi.»

Lo spinsi giù verso di me dalla sua treccia, baciandolo con passione. Vik mi strinse i fianchi, chiamandomi, richiedendo il suo turno. Per quando mi staccai, i nostri respiri erano pesanti.

«Che ne sarà della folla? Il branco non mi accetterà mai, vero?»

Vik era sul punto di rispondere quando qualcuno ci interruppe.

Ragnvald ci chiamò dall'uscio della caverna. «Gli Alpha possono ricevervi, adesso.»

Il corridoio che portava alla stanza degli Alpha sembrò meno lungo, quella volta. O magari erano le torce a fare più luce. La stanza in cui ci condusse Ragnvald aveva, al centro, quattro troni di legno, eppure su di essi non sedeva nessuno. Esitai sulla soglia, stringendo forte le mani dei miei compagni.

«Vieni, Sorrel» mi richiamò Samuel. Non stava sorridendo, ma la sua fronte non era aggrottata, e non sembrava né infastidito né arrabbiato. Con mio grande stupore, quando mi avvicinai abbastanza a lui, lui s'inginocchiò di fronte a me per potermi parlare. Il suo viso era a livello con il mio. «Come ti senti?»

«Sto abbastanza bene, signore» risposi, quando Thorsteinn mi diede un piccolo colpo con il gomito. Se i guerrieri erano preoccupati che avessi potuto creare trambusto in quel momento, non avrebbero dovuto; avevo lasciato tutta la voglia che avevo di combattere alla radura.

«C'è molto da dover dire, e molto ancora da fare. Mi perdonerai, però, se non tirerò le cose per le lunghe. Sorrel, sei assolta da ogni colpa che ti è stata addossata. Sei libera di andare.»

«E che ne sarà di Rosalind?» chiesi io. «Lei sarà nei guai.»

«Rosalind si sta ancora riprendendo. Forse, se riuscirà a ricordare le sue azioni, avrà la possibilità di espiare ai suoi peccati.»

«Non è stata colpa sua» dissi. «Il Re dei Morti l'ha soggiogata, io ne sono certa. Lui—» Ma mi zittii quando Vik mi strinse contro di sé.

«Lo sappiamo, Sorrel» mormorò Samuel. «Non la giudicheremo troppo aspramente.»

«E la pietra di Luna?» chiese Thorsteinn.

«Al sicuro, con le streghe. Sono tutte qui, per ora. Se le cose vanno come speriamo, allora presto marceremo contro il nostro nemico.»

«I guerrieri che hanno attaccato Sorrel», ringhiò poi Vik. «Che ne sarà di loro? Le loro azioni resteranno impunite?»

«Quelli che hanno preso parte all'attacco verranno mandati tra le prime file durante la guerra» rispose Samuel.

«La punizione è leggera, sì, ma non possiamo fare molto. Ci servono», aggiunse Ragnvald.

Sia Thorsteinn che Vik ringhiarono.

«Va tutto bene» dissi io, stringendo le loro mani. «Il Re dei Morti ha già causato abbastanza problemi. Non lasciamo che ci divida dall'interno.»

«Ben detto» mormorò l'Alpha tatuato.

«Non è saggio, lasciare che Sorrel cammini senza problemi per la montagna. Almeno fino a quando non sarà cominciata la guerra» disse Samuel. «Possiamo offrirvi un rifugio qui. La nostra compagna preparerà delle stanze per voi—»

«No», lo interruppe Thorsteinn. Mi girò verso di lui, circondandomi il viso con le sue mani. «Sorrel, ti fidi di noi?»

Io lo guardai dritto negli occhi. *Sempre.*

«Che vuoi fare, Thorsteinn?» chiese Ragnvald.

«Abbiamo in mente una soluzione migliore» disse lui, poggiando le mani sulle mie spalle. «Se il branco è così restio ad accettarci, allora ce ne andiamo.»

«Ma…» cominciò Samuel. «Ci servite—»

«Mandateci via. Tutti e tre, insieme. Pattuglieremo il confine più lontano della montagna, e non torneremo fino a quando il Re dei Morti non sarà sconfitto.»

Intorno a noi calò il silenzio. L'espressione degli Alpha passò da esterrefatta a pensierosa.

«Mettereste a rischio la vostra compagna in questo modo? Di vostra spontanea volontà?» chiese quello tatuato, quasi arrabbiato.

«Sorrel è addestrata» disse Vik.

«E non è in pericolo. Sarà con noi.»

«C'è da dire che sia decisamente una combattente» ridacchiò Samuel, e Vik seguì a ruota quel suono.

Ragnvald si schiarì la gola. «Sorrel, tu cosa ne pensi? L'idea potrebbe piacerti? Andresti con loro?»

«Andrei con loro ovunque» affermai io, senza alcun dubbio. «E poi, a loro serve la mia protezione.»

Vik scoppiò a ridere, e due degli Alpha seguirono a ruota.

Le labbra di Samuel si curvarono in un sorriso. «Molto bene, allora» disse, facendo un gesto con la mano. «Chiamateci in caso di bisogno. Aspetterò il vostro rapporto.»

«Vieni» sussurrò Vik, dirigendomi verso la porta.

«Tenete la vostra compagna al sicuro» disse Ragnvald

verso di noi. «Avremo bisogno di lei tra le nostre righe, quando affronteremo il nemico.»

* * *

Sorrel

IN PIEDI SUL CONFINE, gli occhi rivolti verso il nemico, io e i miei compagni guardammo file e file di Draugr premere i loro volti scheletrici sul muro invisibile e magico.

Vik spinse una pietra runica sul mio palmo. Il resto era dentro un grande sacco, pronto per essere preso da me. Vik e Thorsteinn presero posto al mio fianco, asce e scudi pronti, i propri zaini pieni di pietre sulle spalle. Gli Alpha ci avevano riempiti di munizioni sufficienti a bastarci per tutto il viaggio fino alla postazione iniziale che era stata assegnata a Thorsteinn e Vik. Ma a prescindere da tutto, con i miei compagni al mio fianco io sarei stata al sicuro.

«Eccotela, la tua avventura» disse Vik. «Una vita selvaggia, come la volevi tu.»

Thorsteinn mi arruffò i capelli.

«Pronta?» mi chiese quest'ultimo, fermandosi proprio al mio fianco, Vik dall'altro.

«Pronta!» urlai, e insieme ai miei guerrieri corsi nella natura.

EPILOGO

osalind

«ROSALIND.» Una brezza fresca mi bagnò il viso. Aprii gli occhi, stringendoli subito dopo a causa della fitta di dolore alla testa.

«Sono sveglia» gracchiai. A trovarmi era venuta una donna dai capelli biondi, con addosso nient'altro che una semplice veste bianca, le braccia nude. Aveva lineamenti troppo forti per essere considerati belli, esattamente, ma una volta incontrati i suoi occhi, non riuscii più a distogliere lo sguardo. «Chi sei? Cosa fai qui?»

Quegli ultimi giorni erano venute a trovarmi tantissime persone. Mia sorella Aspen era l'unica che avevo accolto con piacere. Il resto sembrava soltanto intenzionato a farmi mille domande. Avevo risposto al meglio che potessi nonostante il dolore che provavo, ma non ero stata molto d'aiuto. La mia memoria, a parte qualche oscuro incubo, era sparita del tutto.

«Riesci a sederti?» mi chiese la donna. «Vuoi dell'acqua?»

Aprii la bocca per dirle di lasciarmi in pace, ma quando lei fece un gesto con la mano sulla mia fronte, il dolore che provavo alla testa andò completamente via.

«Fallo di nuovo» sussultai io.

Un sorriso illuminò il viso della donna. «Molta gente non sarebbe sopravvissuta ad una ferita del genere. Tu hai la testa dura. Oppure una gran voglia di vivere.»

La mia vita non era stata che una lotta alla sopravvivenza da sempre, e soprattutto in quella notte di cui non ricordavo più nulla.

«Io sono Yseult» disse la donna, sedendosi vicino a me sul letto. «Sono una strega.»

«Cosa vuoi da me?»

In risposta, lei cercò qualcosa dalla sua veste, e da lì tirò fuori una pietra argentata.

I miei occhi si spalancarono di colpo quando quella luce bianca mi bagnò il viso. «Toglimela dal viso.»

«Te la ricordi?» Yseult poggiò l'altra mano sulla pietra, nascondendo un po' della sua luce. «Sembri aver dimenticato ogni altra cosa.»

«La pietra la ricordo. Dovevo trovarla. Non so perché.»

«Gli Alpha pensano tu sia stata soggiogata dal Re dei Morti e portata a cercarla per lui.»

Mi lasciai andare di nuovo contro il letto. «Lo so. Se fossi stata bene, sarei stata dichiarata una traditrice.»

«No. Non giudicherebbero mai una profetessa così duramente.» Yseult fece un gesto con la mano, come a scacciare le mie parole. Ma così facendo lasciò andare la pietra, e la sua luce mi accecò un'altra volta. Distolsi lo sguardo, lo stomaco in subbuglio. «Ciò a cui sono interessata io, in realtà, è sapere come hai fatto a sapere dove trovarla.»

«Non potrebbe essere stato il Re dei Morti a dirigermi da lei per trovarla?»

«Potrebbe essere. Ma la pietra ha le sue protezioni, e questo è il motivo per cui il nemico ha dovuto cercare l'aiuto di qualcun altro, qualcuno come te, per prenderla per lui.» Yseult aprì la mano, aggrottando la fronte mentre guardava la pietra, il viso bagnato da quella luce lattea.

Chiusi gli occhi prima che tornasse il mal di testa.

«Ho avuto dei sogni» ammisi allora. «Visioni. Sapevo già dove avrei trovato la pietra. Ma la voce che mi chiamava da oltre la montagna... quella era del Re dei Morti.»

«Non era solo la sua. Se fossi stata interamente sotto il suo controllo, allora non avresti mai trovato la pietra.» Yseult si avvicinò a me. «No, Rosalind. L'affinità che hai con questo talismano è la chiave che stavamo cercando.»

Mi passai una mano sul viso. Ero così stanca. «Ma di che parli?»

«Anche io avevo delle visioni. Le mie sorelle streghe ed io abbiamo Visto il modo in cui avremmo sconfitto il Re dei Morti, ed in ognuna delle nostre visioni, ci sei sempre tu.»

Per qualche strano motivo, sentirlo non mi sorprese. Mi sentivo come stessi assistendo a quella conversazione dall'alto, da lontano, un uccellino sopra la mia testa, una veggente che guarda il suo futuro da uno specchio. Un'altra visione. Ero così stanca di avere visioni.

Mi leccai le labbra. «Non importa cosa tu abbia visto. Sono qui, e sono ferita.»

«Gli Alpha ti daranno la sentenza a breve. E poi ti daranno ad una coppia di guerrieri, per accoppiarti.»

Mi sentii stringere il cuore. «Faranno ciò che devono. Non è per questo che ci hanno portate qui? Per darci a questi uomini?»

«E tu non vuoi essere data a loro? Non vuoi essere accoppiata?»

«No. Io non...» Strinsi le mani a pugno. «Non apparterrò mai a nessun uomo. Mai. È una promessa.»

«Vuoi poter avere la possibilità di scegliere.»

«Sì.» Caddi nuovamente contro il letto. «Ma questa possibilità non esiste.»

Yseult si avvicinò a me. «Pensi di non poter scegliere il tuo destino?»

Mi irrigidii da capo a piedi. «Sono stata una pedina per tutta la vita. Anche quando pensavo di star andando incontro alla mia libertà, in realtà ero soggiogata dal Re dei Morti. Mi aveva promesso protezione» dissi, la voce rotta mentre confessavo ciò che non avevo detto a nessuno. «Per me e mia sorella. Saremmo state al sicuro. Saremmo scappate dai Berserker, e avremmo vissuto in libertà.»

«E che diresti se ti dicessi che è possibile? Che puoi ancora trovare la tua libertà? Che potresti riuscire ad intrappolare il Re dei Morti e porre fine al suo regno? I Berserker ti darebbero ogni cosa. Anche la tua libertà.»

«Ma non è possibile. Se anche volessi, come potrei fare a sconfiggere il Re dei Morti? Il nemico peggiore che l'uomo abbia mai conosciuto?»

«C'è un modo, Rosalind. E temo sia l'unico modo.»

Strinsi con forza i soldi. Il dolore alle tempie era andato via, come non fosse mai stato lì. Il suo posto era stato invece occupato da una paura cieca. Se il Re dei Morti avesse preso il potere, la vita mia e di mia sorella sarebbe finita. Se fossi rimasta lì, sarei comunque stata data in moglie ai Berserker. In ogni caso, non c'era via di fuga per me. Non avevo scelta. In questo mondo, le donne raramente ne hanno.

«Cosa avrei bisogno di fare?»

«Le mie sorelle streghe ed io abbiamo un piano...»

* * *

Sorrel

. . .

190

«ANDIAMO!» urlò Vik. Corsi sulla collina dietro di lui, il cuore in gola, le gambe stanche. Dietro di noi, Thorsteinn si era fermato giusto il tempo di tirare una pietra runica ad un'altra riga di Draugr che ci stava inseguendo. L'esplosione mi fece barcollare. Una nuvola di polvere e sporco mi avvolse completamente, facendomi lacrimare gli occhi, e facendomi tossire.

«Grazie» gracchiai.

«Va tutto bene» disse lui, accarezzandomi i capelli, guardandomi le spalle mentre continuavo a correre verso Vik.

«Siamo vicini!» disse quest'ultimo. «Appena oltre il crinale.»

«Andiamo, su!» dissi. La mia gola pregava per avere dell'acqua e dell'aria pulita, ma non potei fare niente per fermare il sorrisetto che mi curvò le labbra. Avevamo passato giorni interi a correre e arrampicarci nella natura selvaggia, avvicinandoci sempre di più al covo del Re dei Morti, senza mai farci acchiappare dai Draugr, dormendo sotto le stelle. Vik e Thorsteinn mi avevano detto tutto del loro posto segreto protetto dalla magia che utilizzavano come rifugio, proprio nel bel mezzo del territorio nemico. Eravamo ormai quasi arrivati lì quando ci imbattemmo nell'ultimo contingente di Draugr.

«Quante pietre runiche ci sono rimaste?» chiese Thorsteinn mentre prendevamo riparo dietro un mucchio di massi.

«Solo una» risposi torva.

«Ne prenderemo delle altre molto presto. Per adesso, una basta e avanza.» Mi mostrò tre dita, e con un cenno del pollice mi fece capire dove avrei dovuto tirare. I mormorii dietro di noi mi fecero capire che i Draugr erano alle nostre calcagna.

«Al mio tre», ordinò. «Uno. Due. Tre...»

Alzandoci insieme, lanciammo le pietre contro le file

grottesche dei servi del nemico. Il Balefire lampeggiò ed esplose. Mi abbassai nuovamente dietro la roccia, e venni trascinata via da Vik.

«Corri!» disse, e per l'ultima volta ce la demmo a gambe.

«Vik», ansimai, le gambe stanche dalla corsa. Eravamo diretti ad un albero enorme. «Cosa...»

«Su!» disse, correndo per quei pochi metri che restavano tra me e un enorme tronco. «Ora.» Vik cadde sulle ginocchia e intrecciò le dita. Io presi la rincorsa e poi saltai, dandomi la spinta poggiando un piede sulle sue mani a coppa. Vik mi lanciò in aria, ed io afferrai il primo ramo che trovai, salendo più su che potessi.

«Arrampicati, Sali su» mi disse e, dopo aver controllato le sue armi, cominciò a fare lo stesso anche lui. Mi lancia da ramo a ramo, girandomi a guardare soltanto per assicurarmi di avere anche Thorsteinn dietro. Sopra la mia testa, d'un tratto si materializzò un asse di legno che fungeva da pavimento, nasconda da un mucchio di foglie.

«Una casa sull'albero» sussurrai.

«Sì» grugnì Vik, sorridendo.

«Dov'è Thorsteinn?»

Un ruggito fece tremare la foresta. Thorsteinn spuntò fuori da alcuni alberi, un guizzo di pelliccia nera con i denti. Artigli da mostro affondavano sulla corteccia degli alberi mentre si arrampicava.

Vik saltò oltre la mia testa improvvisamente, atterrando sull'asse di legno e tirandomi su con lui. Alcune tavole erano state conficcate nel tronco dell'albero, a fare da corridoio prima di un ultimo, grande recinto annidato in un enorme baldacchino. I miei piedi fecero tremare l'asse di legno mentre Vik si dirigeva verso un deposito nascosto e prendeva a strofinare due pietre focaie insieme per accendere il fuoco.

«Questo è il rifugio?» chiesi, facendo una piroetta per guardare tutto quanto. «È uguale a Yggdrasil.»

«Quella era solo una delle tante, così come questa» mi disse, sorridendomi deliziato. Fece il giro del perimetro, accedendo tutti i bracieri. Il posto era pieno zeppo di brocche d'acqua, armi, e cesti pieni di cibo. «Abbiamo costruito questi rifugi quando abbiamo cominciato ad andare di pattuglia per lunghi tempi. Tieni» mi disse, tirando verso di me una borraccia. «Bevi. C'è un fiume, qui vicino. Questo albero e le acque vicine sono protetti da scudi magici messi appositamente per noi.»

L'acqua scivolò lungo la mia gola, rinfrescandola e ripulendola dal fumo e dal puzzo di morte dei Draugr. «Grazie» dissi, allungando la borraccia di nuovo verso di lui. Lui l'afferrò, la svuotò bevendo, e poi la mise da parte.

«Sorrel.» Vik mi scoccò un sorrisetto malizioso che riconobbi immediatamente, prima di saltarmi addosso. La sua mano mi strinse i capelli, e la sua bocca fu sulla mia in un attimo.

«Vik!» scoppiai a ridere sulle sue labbra. Con un ringhio, lui tirò i miei capelli e continuò a baciarmi come se il mondo dovesse finire l'indomani. Il suo membro mi puntellò lo stomaco quando lui m'inclinò indietro. Prima ancora di poter chiedere dove diamine stessimo andando, lui fece scivolare un piede dietro il mio, facendomi perdere l'equilibrio. Insieme andammo a finire sopra una pila di pellicce calde.

«Vik!» provai ancora mentre lui alzava le mie braccia sopra la mia testa, tenendole ancorate lì, la sua barba a pizzicarmi la gola mentre mi divorava. «Che stai facendo?»

«Cosa pensi che stia facendo?» La sua mano lasciò i miei polsi soltanto per stringere con forza il mio seno. «Non vuoi?»

«Sono stanca, e così sporca—»

«Non *così* tanto» disse, poggiando la mia gamba sulla sua schiena e poi spingendosi contro di me, proprio sul mio centro. «Sei così tanto stanca?»

«Non *così tanto...*» sussurrai io, ripetendo le sue parole e spingendolo ancora più forte su di me. Un ringhio dietro di noi mi fece capire che Thorsteinn era arrivato. Vik ed io ci girammo a guardarlo, osservandolo cambiare forma da mostro ad essere umano. Marciò verso di noi, gli occhi dorati e lucenti.

«Cominciate senza di me?» raspò.

Vik si alzò e mi portò con sé, facendomi sedere. Thorsteinn mi prese di peso dalle pellicce per stringermi tra le sue braccia. Le mie gambe cinsero la sua vita mentre lui reclamava le mie labbra. Quando interruppe il bacio per parlare, la sua voce era tornata normale.

«Sei stata brava, piccola ragazza scudo» disse, poggiando la sua fronte sulla mia.

«Tu dici?» sussurrai io, sentendomi riempire di gioia da capo a piedi.

«Decisamente sì.» Thorsteinn mi poggiò nuovamente sulle pellicce, e due paia di mani presero immediatamente a toccarmi da tutte le parti, liberandomi velocemente e voracemente dei miei vestiti. «E ora festeggiamo.»

«Mi piacerebbe» sussultai, quando Vik s'inginocchiò di fronte a me. Portò le mie gambe oltre le sue spalle, e prese a mordicchiare la pelle delle mie cosce. Thorsteinn strinse un braccio intorno alla mia vita, i suoi denti a stuzzicare il punto in cui il collo incontra la spalla.

«Qui» disse Vik, portando un dito in mezzo alle mie natiche.

«Cosa? No—» e urlai quando Vik morse l'interno della mia coscia.

«Fai la brava, altrimenti ti costruisco un'altra gabbia...» Il suo sorrisetto malizioso mi fece andare a fuoco.

«Ti ci metto io, in gabbia» minacciai, combattendo contro quei due uomini. Prendemmo a farci la lotta, scherzosi e selvaggi, fino a quando non furono loro a mettere fine alla cosa, tenendomi ferma sulle pellicce. Thorsteinn mi riempì la bocca del suo membro mentre Vik penetrava in mezzo alle mie gambe.

«COME FACEVATE A SAPERLO...» mormorai dopo, molto dopo, quando i miei guerrieri ebbero finito di lavarmi e darmi da mangiare, e tenermi ferma sulle pellicce per usarmi ancora una volta.

«Cosa, piccolina?» mormorò di rimando Thorsteinn, intento a giocare con le ciocche dei miei capelli.

Sbadigliai. «Come facevate a sapere che sarei stata in grado di andare in pattuglia con voi?»

«Perché sei nata per questo. Lo abbiamo capito sin da subito, quando ci hai scoccato quella freccia dentro l'abbazia. Ti accendi tutta, quando sei in pericolo. Dovremo solo stare ancora più attenti nel tenerti al sicuro.»

Assottigliai gli occhi per fargli sapere del mio disappunto, e lui baciò via ogni singola ruga d'espressione.

«Pensavo che non avreste voluto, che vi sareste preoccupati costantemente», ammisi poi, quando riuscii a parlare di nuovo. «La nebbia mi ha già preso la mente una volta, del resto.»

«Ma siamo legati, adesso. E quel legame ti protegge, e nello stesso tempo calma la nostra Bestia. Non hai più nulla da temere, piccolina. Niente e nessuno potrà farti del male... Soltanto noi» disse, mordicchiando leggermente il mio collo.

«Ma in quel caso ti piacerebbe» promise Vik, venendo a distendersi al mio fianco, come il suo fratello guerriero. «Sei nata per portare sulla tua pelle il nostro marchio. Allo stesso modo in cui noi siamo nati per amarti.»

195

Il cuore pieno zeppo di felicità, gli saltai addosso per dimostrargli quanto ne fossi felice.

Fuori dal nostro rifugio, l'aria era pregna di nebbia maligna e i nostri nemici ci circondavano, intenti a fare la guardia al territorio del Re dei Morti. Ogni mattina ci saremmo alzati e avremmo combattuto contro il nemico, scoprendo qualcosa di nuovo da poter riferire al branco.

Sarebbe stato pericoloso, ma non lo temevo.

Non avevo più paura di niente, e non ne avrei mai più avuta.

Non fintanto che avessi avuto al mio fianco i miei due guerrieri.

LIBRO GRATUITO

Ricevi un libro gratuito, Allevata dai Berserker (solo per i fan
più sfegatati iscritti alla newsletter di Lee)
Clicca qui per cominciare
https://geni.us/BredBerserkersIT

LA SAGA DEI BERSERKER

Per più di un secolo, i guerrieri Berserker hanno combattuto e uccciso per i re. Ma c'è un solo nemico che non possono sconfiggere: la bestia dentro di sé.

Venduta ai Berserker

Accoppiata ai Berserker

Allevata dai Berserker (solo per i fan più accaniti sulla lista e-mail di Lee=)

Presa dai Berserker

Data ai Berserker

Rivendicata dai Berserker

Salvata Dai Berserker

Catturata dai Berserker

Rapita dai Berserker

Legata ai Berserker – Laurel, Haakon & Ulf

Piccoli Berserker – le sorelle Brenna, Sabine, Muriel, Fleur ei loro compagni

La Notte dei Berserker – la storia della strega Yseult

Posseduta dai Berserker – Fern, Dagg & Svein

Domata dai Berserker — Sorrel, Thorsteinn & Vik

Comandata dai Berserker — Juliet, Jarl & Fenrir

I GUERRIERI BERSERKER

Ægir *(precedentemente intitolato The Sea Wolf)*
Siebold

ALTRI ROMANZI DI LEE SAVINO
ROMANCE CONTEMPORANEO

Romanzi Contemporanei

Il principe scapestrato

Non mi innamorerò del mio arrogante e irritante capo che si proclama dio del sesso. No. Neanche per sogno.

Il Mio Daddy È Un Marine

Il mio fichissimo eroe dei marine vuole che lo chiami papà...

Romanzo Paranormale

La Saga dei Berserker. Questi valorosi guerrieri non si fermeranno di fronte a niente per rivendicare le loro compagne...Comincia con Venduta ai Berserker

Alfa ribelli, con Renee Rose (cattivi ragazzi licantropi) – comincia con Tentazione Alfa.

SULL'AUTRICE

Lee Savino è una scrittrice di successo dello USA Today. È anche una madre e un'amante del cioccolato. Ha scritto un bel po' di libri – tutti romanzi "smexy". Smexy, una combinazione di "smart" e "sexy".

Spera ti sia piaciuto questo libro.

Scopri di più su:
www.leesavino.com